# 鵬붕정대연가

# 붕정대연가(鵬程大戀歌) 14

임영기 新무협 판타지 소설

초판 1쇄 찍은 날 § 2022년 6월 10일
초판 1쇄 펴낸 날 § 2022년 6월 17일

지은이 § 임영기
펴낸이 § 서경석

총괄팀장 § 황창선
편집책임 § 김우진
디자인 § 스튜디오 이너스

펴낸곳 § 도서출판 청어람
등록번호 § 제387-1999-000006호
등록일자 § 1999. 5. 31
어람번호 § 제2-2910호

본사 § 경기도 부천시 부일로 483번길 40 서경B/D 3F (우) 14640
편집부 § 서울시 구로구 디지털로 272 한신IT타워 404호 (우) 08389
전화 § 02-6956-0531  팩스 § 02-6956-0532
http://www.chungeoram.com
E-mail § chungeorambook@daum.net

ⓒ 임영기, 2021

ISBN 979-11-04-92440-8 04810
ISBN 979-11-04-92299-2 (세트)

도서출판 청어람

19

임영기 **무협 판타지 소설**
Cover illust A4

# 붕정대연가

FANTASTIC ORIENTAL HEROES

鵬붕정대연가

# 목차

第百九十三章

천하삼대비역

마혈이 제압된 소정원은 바닥에 구겨진 상태에서 칼날 같은 어조로 말했다.

"이게 무슨 짓이냐?"

그녀는 옆얼굴을 바닥에 묻은 채 눈동자를 이리저리 굴리며 말했다.

"어째서 나를 때린 것이냐?"

스으으……

그때 소정원의 몸이 허공으로 느릿하게 둥실 떠오르면서 선 자세로 쭉 펴졌다.

그런데도 그녀는 전혀 놀라지 않고 표정조차 변하지 않았다.

그걸 보면 꽤나 대범한 성격인 모양이다.

소정원은 자신이 저절로 허공에 선 자세로 둥둥 떠서 진천룡과 부옥령 등을 향해 나아가고 있다는 사실을 깨닫고 가볍게 표정이 변했다.

무공의 최상승 수법인 허공섭물이다. 이 정도 허공섭물을 전개할 수 있는 능력이라면 소정원 자신을 능가하는 실력이기 때문에 놀랄 수밖에 없다.

더구나 진천룡 등 세 사람은 손을 아래로 내리고 있어서 누가 허공섭물을 전개하고 있는지 짐작도 할 수가 없는 상황이다.

누군지 모르지만 손을 소정원을 향해 뻗지도 않은 상태로 허공섭물을 전개하다니 그녀보다 고강한 게 틀림없었다.

소정원은 진천룡 등의 세 걸음 앞에서 두 자 높이에 떠오른 채 서 있는 자세로 정지했다.

그제야 비로소 소정원은 상황이 심상치 않음을 느끼고 무턱대고 화를 내면 안 되겠다는 생각에 조금 마음을 가라앉혔다.

부옥령은 엄숙한 표정으로 진천룡을 가리키면서 소정원을 엄하게 꾸짖었다.

"이분께선 영웅문주이시다. 네가 함부로 막 대할 분이 아니라는 말이다."

소정원의 시선이 진천룡에게 향했고 동공이 가볍게 흔들렸다. 설마 눈앞에서 영웅문주를 보게 될 줄은 전혀 예상하지 못했었다.

더구나 소문으로만 듣던 굉장한 영웅문주가 이렇게 젊고 잘생겼다는 사실에 적잖이 놀랐다.

부옥령의 준엄한 말이 이어졌다.

"누군가 창파영주인 너에게 함부로 막 대하면 너는 기분이 어떻겠느냐?"

유구무언. 소정원은 할 말이 없다. 그녀는 예의를 중하게 여기는 사람이라서 누가 자신을 업신여긴다면 무조건 엄벌을 가했었다.

부옥령의 꾸짖음은 멈추지 않았다.

"너는 대군을 이끌고 영웅문을 괴멸시키려다가 본문 고수들에게 당해서 사경을 헤매는 처지가 됐었다. 그러므로 우리에게 너는 원수다."

부옥령의 말은 어느 것 하나 틀리지 않았다.

"그뿐인 줄 아느냐? 네 자식들이 다 죽어가는 너를 살려 달라고 눈물로 애원하여 주군께서 이미 숨이 끊어진 너를 갖은 노력을 다 쏟아부어서 살려놓으셨다."

진천룡이 갖은 노력을 다 쏟아서 소정원을 살린 것은 아니지만, 그래도 세상 사람들 아무도 못 하는 기적을 그가 일으킨 것은 맞는 말이다.

소정원의 얼굴이 파도처럼 심하게 흔들렸다.

"내가 죽었었다고……?"

여간해서는 놀라지 않는 그녀가 이 정도로 놀라는 것은 자주 있는 일이 아니다.

"그렇다. 너는 완전히 숨이 끊어졌었다. 네 자식들이 그것을 확인했으니 그들에게 물어봐도 좋다."

"말도 안 돼… 내가 죽다니……."

"어쨌든 이미 숨이 끊어진 너를 살리신 분이 여기에 계신 주군이시다. 그런데 너는 생명의 은인에게 함부로 말을 하는 것이냐?"

소정원은 진지한 표정으로 조용히 말했다.

"내가 정말 죽었었고… 그래서 영웅문주가 날 살렸다면 그를 은인으로 여길 거야."

부옥령이 비웃듯이 차갑게 말했다.

"흥! 네가 사경을 헤매긴 했어도 죽진 않았었다면, 그걸 살려 죽지 않게 해준 정도는 은혜가 아니라는 말이냐?"

소정원은 쓴웃음을 지었다.

"죽은 사자(死者)를 살렸다는 자체가 어불성설 말도 되지 않는 소리다. 그렇다고 해도 나는 내가 엄중한 중상을 입었다는 사실을 알고 있기 때문에 그런 나를 살려준 것 역시 은혜로 여긴다."

그녀는 눈동자를 굴리면서 말했다.

"내 아이들은 어디에 있느냐?"

부옥령은 엄지손가락으로 자신의 등 뒤를 가리켰다.

"문밖에서 기다리고 있다."

"만나게 해다오."

부옥령은 미소를 지었다.

"옷부터 입어라. 그 꼴을 자식들에게 보이고 싶지는 않을 것 아니냐?"

소정원은 화들짝 놀랐다.

"옷… 을 입으라니……?"

부옥령은 손을 슬쩍 흔들어서 몇 개의 혈도를 맞추어 그녀가 목 위 얼굴만 움직일 수 있도록 해주었다.

"그 꼴이라니 그게 무슨……."

얼굴을 움직일 수 있게 됐다는 사실을 알게 된 소정원은 급히 아래쪽 자신의 몸을 보다가 자지러지게 경악했다.

"으아악!"

얼굴만 움직일 수 있어서 목을 잔뜩 빼고 굽어봤는데, 자신의 벌거벗은 가슴과 그 아래쪽의 몸이 삐쭉이 보이는 바람에 그녀는 혼비백산하여 찢어지는 비명을 내질렀다.

"아아……."

평생토록 아무에게도 보이지 않았던 자신의 나신을 이처럼 여러 사람 앞에 드러내 놓고 있다는 사실에 그녀는 엄청난 충격을 받고 몸을 와들와들 격렬하게 떨었다.

사실 소정원은 남편이 없다. 아니, 남자와 정사를 한 적조차도 없는 순결지신이다.

자식인 소가화와 소미미는 그녀가 낳은 친자식이 아니다. 거기에는 복잡한 사연이 숨어 있다.

그녀는 아주 어린 시절을 제외하고는 목욕도 스스로 했다.

그래서 그녀의 나신을 본 사람은 이미 죽고 없는 모친과 유모 외에는 아무도 없다.

그러므로 살아 있는 사람들 중에서 그녀의 나신을 본 사람은 진천룡과 부옥령, 현수란이 유일하다.

"이… 이런……."

소정원은 망연자실하여 어쩔 줄을 모르고 몸을 가늘게 떨고 있을 뿐이다.

이런 적이 한 번도 없었으므로 이럴 때에는 어찌해야 하는지 머리가 돌아가지 않았다.

그녀가 제아무리 이성적인 사람이라고 해도 이럴 때는 분노가 치밀 수밖에 없다.

"음… 어째서 옷을 벗겼느냐……?"

그녀는 한껏 분노를 억누르고 부들부들 떨리는 목소리로 입을 열었다.

부옥령이 냉랭하게 대답했다.

"죽은 너를 살리려면 그럴 수밖에 없었다."

소정원은 눈동자를 살며시 굴려서 진천룡을 바라보았다.

그러다가 자신을 주시하고 있는 진천룡과 눈이 딱 마주치자 흠칫 눈과 몸을 떨었다.

자신의 나신을 본 최초의 남자와 눈이 마주친 소정원의 내심은 그야말로 갈팡질팡이다.

더구나 미루어 짐작하건대 진천룡이 그녀를 치료하면서 몸에 손을 대지 않았을 리가 없다.

온몸 여기저기 마구 만지고 주물렀을 것이 틀림없다. 죽은 사람을 살리는 일이 어디 물 마시듯 쉬운 일인가 말이다.

그런 상상을 하니까 온몸에 전율이 일고 어지러워졌다.

"아아⋯⋯."

소정원은 마치 아직도 진천룡의 손길이 자신의 몸을 만지고 있는 듯한 착각을 느끼고 부르르 몸을 떨었다.

그때 진천룡이 현수란에게 지시했다.

"수란, 그녀에게 옷을 입혀라."

"네, 주군."

현수란이 침상 옆 탁자에 놓여 있는 옷을 향해 걸어가자 소정원이 움찔하며 말했다.

"아, 안 된다⋯⋯!"

현수란은 탁자의 옷을 집으면서 그녀를 보며 물었다.

"왜 그러죠?"

소정원은 크게 흔들리는 눈빛으로 차갑게 말했다.

"물러나라."

현수란은 고개를 갸웃거렸다.

"옷을 입지 않겠다는 건가요?"

소정원이 하대를 해도 현수란은 꼬박꼬박 존대를 했다. 이렇게 하는 것이 바로 현수란의 강점이다. 네가 하지 않아도 나는 한다. 주관이 뚜렷한 것이다.

소정원은 입술을 깨물며 말했다.

"내 몸에 손대지 마라."

현수란은 어이없는 표정을 지었다.

"그럼 누가 당신에게 옷을 입히죠?"

그러자 소정원의 시선이 물 흐르듯이 진천룡에게 향했다.

말은 하지 않았으나 사람들은 소정원의 뜻을 알아차렸다. 진천룡이 그녀의 몸에 손을 댔었으니까 그만이 옷을 입힐 자격이 있다는 뜻이다.

부옥령과 현수란 둘 다 말도 안 된다는 듯한 표정으로 실소를 흘렸다.

"감히 누구더러……."

진천룡이 조용히 말했다.

"혈도를 풀어줄 테니까 스스로 입으시오."

"주군!"

부옥령과 현수란은 깜짝 놀랐다. 임독양맥 소통으로 화경에 이른 소정원의 마혈을 풀어주었다가 뒷감당을 어찌할 것인지 황당하기 때문이다.

소정원은 차갑게 말했다.

"내 마혈을 풀어준다는데 왜 놀라는 것이지?"

부옥령이 냉랭하게 말했다.

"너를 치료하는 과정에 주군께서 너의 임독양맥을 소통시켜 주셨다. 그 덕분에 너의 화후가 최소한 화경에 이르렀을 것인데, 혈도를 풀어주면 미쳐 날뛸 것이 아니더냐?"

"아······."

소정원은 크게 놀란 얼굴로 이끌리듯 진천룡을 쳐다보았다.

"정··· 말인가요?"

진천룡은 고개를 끄떡였다.

"그렇소."

소정원의 눈빛이 크게 흔들렸다.

"왜··· 그랬죠?"

진천룡은 담담한 표정으로 조용히 설명했다.

"그대는 완전히 숨이 끊어진 상태라서 전신 혈도가 빛을 잃어 소멸됐었소. 그래서 수천 개의 전신 혈도들을 되살리려면 임독양맥을 소통시킬 수밖에 없었소."

소정원 역시 초극고수라서 임독양맥의 소통을 어떤 방법으로 하는지 잘 알고 있다.

다만 그녀는 능력이 거기에 미치지 못해서 스스로 임독양맥을 소통하지 못했던 것이다.

임맥과 독맥을 소통하려면 정수리 백회혈 아래 얼굴 정면을 지나는 몇 개의 봉쇄된 혈도들과 하체 은밀한 부위 회음혈에서 단전으로 이어지는 혈도 몇 개를 뚫어야 한다.

그래야지만 임독양맥이 서로 소통하게 되는 것이다.

소정원의 얼굴이 스르르 붉어졌다.

"정말··· 당신이 저의 임독양맥을 소통해 주었나요?"

그녀는 자신의 임독양맥이 소통됐다는 놀라운 사실보다 진천룡이 그걸 이루어주었다는 사실을 더 중요하게 여겼다.

그녀는 진천룡에 대한 말투가 매우 공손해졌다.

"그렇소."

부옥령과 현수란은 소정원이 왜 그런지 짐작하기에 엷은 미소를 지으며 지켜보았다.

진천룡은 손을 앞으로 내밀어 허공섭물을 전개하여 소정원을 바닥에 내려서게 하는 것과 동시에 마혈을 풀어주었다.

"아……."

소정원은 약간 비틀거리면서 나직한 탄성을 토했다.

진천룡이 현수란에게 턱짓을 했다.

"옷을 줘라."

현수란이 옷을 내밀자 소정원은 옷을 받고는 진천룡을 바라보았다.

진천룡은 엷은 미소를 지으며 고개를 끄떡였다.

"입으시오."

"네."

소정원은 다소곳이 대답하고는 진천룡의 눈치를 보면서 옷을 입었다.

부옥령과 현수란은 웃음이 나오려는 것을 참았다. 그녀들은 소정원의 행동을 보고 그녀가 이미 진천룡에게 사로잡혔다는 사실을 짐작했다.

현수란이 소정원에게 건네준 옷은 순백의 백의였기에 그녀는 자신이 입던 옷이 아닌 눈부신 새하얀 백의를 입게 되었다.

부옥령과 현수란은 절세미모를 지닌 소정원을 보면서 빙그레 미소를 지었다.

소정원은 그녀들을 보며 의아한 표정을 지었다.

"왜 웃는 거지?"

진천룡에게는 공손하지만 부옥령이나 현수란은 수하처럼 대하는 소정원이다.

현수란이 대답 대신 탁자에 놓여 있는 동경(銅鏡:거울)을 가져다가 소정원에게 내밀었다.

소정원은 의아한 표정을 지으며 무심코 동경을 자신의 얼굴 앞에 가져갔다.

"……!"

다음 순간 그녀는 깜짝 놀라며 급히 뒤돌아보았다. 동경에 비친 얼굴이 자신이 아니라 눈부시게 아름다운 십칠팔 세 소녀의 모습이였기 때문이었다.

그러나 그녀의 좌우와 뒤에는 아무도 없고 그녀 혼자만 서 있을 뿐이다.

그녀는 놀란 얼굴로 다시 조심스럽게 이번에는 정확하게 자신의 얼굴을 동경에 비췄다.

"아……."

그녀는 소스라치게 놀라서 동경을 빤히 들여다보다가 손으로 자신의 얼굴을 가만히 쓰다듬었다.

그러자 동경에는 얼굴을 쓰다듬고 있는 그녀의 희고 긴 섬섬옥수가 보였다. 그러므로 이것은 틀림없는 그녀의 모습인 것이다.

그녀는 조심스럽게 동경 속의 자신의 얼굴을 이리저리 살펴보다가 한 가지 사실을 깨달았다.

거울에 비친 얼굴은 그녀가 십칠팔 세 시절 때의 앳된 모습이었다. 아니, 그녀의 십칠팔 세 때보다 더 눈부시게 아름다운 절세미모가 거기에서 그녀를 바라보고 있었다.

잠시 후에 소정원은 놀라는 표정으로 진천룡을 바라보며 물었다.

"어떻게 된 건가요?"

진천룡은 온화하게 미소 지으며 말했다.

"그대의 공력이 화경에 이르러서 반로환동을 한 것이오."

*　　　　*　　　　*

"화경… 반로환동……."

소정원은 너무도 놀라서 중얼거리며 눈을 깜빡였다.

그녀는 동경 속의 자신을 물끄러미 응시했다.

"반로환동이라니……."

한순간 머릿속이 먹구름처럼 시커맸다가 흙탕물처럼 헝클어지더니 마지막에 차곡차곡 정리됐다.

결론적으로 말하자면, 죽은 그녀를 진천룡이 소생시켰으며 그 과정에 임독양맥을 소통시켜 주어서 그녀를 화경의 경지에 이르게 해주었다는 것이다.

그 덕분에 십칠팔 세 어린 소녀로 반로환동을 했다니, 죽었다가 다시 깨어나니 다시없을 홍복으로 인생이 송두리째 변해 버렸다.

이만오천여 명의 어마어마한 고수들을 이끌고 와서 영웅문을 괴멸시키려고 했던 그녀에게 진천룡이 이런 엄청난 은혜를 베푼 것이다.

오만 가지 복잡한 상념들이 그녀의 머릿속에 꽉 들어찼고 가슴을 답답하게 만들었다.

진천룡이 그렇게 서 있는 그녀를 혼자 내버려 두고 밖으로 나가자 부옥령과 현수란이 뒤따랐다.

문밖에는 소가화와 소미미가 초조한 표정으로 서 있다가 진천룡에게 급히 다가들었다.

"어찌 됐습니까?"

현수란이 대신 문을 가리키며 고개를 끄떡였다.

"들어가 봐라."

소가화와 소미미는 잔뜩 기대하는 표정으로 조심스럽게 방안으로 들어갔다.

잠시 후에 실내에서 이상한 소리가 새어 나왔다. 실내에 소정원 대신에 십칠팔 세 어린 절세미녀가 있으니 소가화와 소미미가 놀라는 것이다.

뒤이어서 소정원의 설명이 이어지는 것 같더니 곧이어 비명 같은 외침이 터져 나왔다.

"아앗! 어머니!"

"으앙! 어머니!"

일 각 후에 소가화와 소미미가 밖으로 나왔다. 두 사람은 많이 울어서 눈이 빨개져 있었다.

두 사람이 진천룡을 바라보는 표정은 마치 절대자 신을 대하는 듯했다.

진천룡이 죽었던 소정원을 살린 것으로도 모자라서 공력을 화경에 이르게 하여 반로환동까지 시켜주었으므로 그러는 것이 당연했다.

소가화는 진천룡에게 공손히 말했다.

"어머니가 문주님을 뵙자고 하십니다."

"그러지."

진천룡은 고개를 끄떡이고 나서 방으로 들어갔다.

실내에는 소정원 혼자 바닥에 끌리는 흰 긴 치마를 입고 다소곳이 서 있다가 들어서는 진천룡을 보고는 몹시 복잡한 표정을 지었다.

진천룡은 잠시 멈춰서 소정원을 바라보았다. 그녀가 마치 하늘에서 방금 전에 하강한 선녀처럼 우아하고 아름다웠기 때문이었다.

그는 이날까지 설옥군과 부옥령의 미모가 천하제일이라고 믿었다.

그런데 보는 순간 눈에서 꺼풀이 벗겨지는 듯한 절세미모를 지닌 종초홍을 봤을 때 그 생각이 변했었다.

그러고는 아까 설옥군과 똑같이 생긴 소미미를 보면서 또 생각이 바뀌었으며, 지금 소정원을 보며 미인에 대한 생각이 다시 바뀌었다.

이들 다섯 여자는 우열을 가리기 어려울 정도의 미모를 지니고 있었다.

설옥군과 소미미는 쌍둥이처럼 닮았지만 각자 분위기가 크게 달랐다.

설옥군은 우아하면서 정숙한 미모를 지녔고, 소미미는 깨물어주고 싶을 만큼 귀여웠다.

부옥령은 눈을 뗄 수 없는 치명적인 요염함과 얼음처럼 차디찬 냉철함을 지녔고, 눈앞의 소정원은 보는 사람의 머릿속을 텅 비게 만드는 순수한 매력을 지녔다.

그리고 종초홍은 진천룡으로 하여금 무작정 안고 싶다는 생각이 들게 만들 정도로 흡인력 있는 미모를 지녔다.

이윽고 진천룡은 담담한 얼굴로 소정원 앞에 가서 섰다.

소정원은 일렁거리는 눈빛으로 그를 바라보며 입을 열었다.

"아이들에게 들었어요."

소정원은 자식들에게 그동안의 일에 대해서 자세한 설명을 듣고 진천룡을 믿게 되었다.

진천룡은 잠자코 그녀의 다음 말을 기다렸다.

"하나 짚고. 넘어갈 것이 있어요."

"말해보시오."

소정원은 그윽한 눈빛으로 진천룡을 바라보았다.

문득 진천룡은 그녀의 눈빛이 어디선가 본 듯 매우 눈에 익다는 생각을 했다.

지금 소정원이 그를 바라보고 있는 눈빛은 예전에 설옥군이 그를 바라보던 눈빛과 몹시 닮았다.

그리고 부옥령은 진천룡을 바라볼 때마다 항상 그런 눈빛을 짓고 있다.

"당신은 성신도하고 관계가 있나요?"

진천룡은 애매한 표정을 지었다.

"무슨 관계를 말하는 것이오?"

소정원은 그의 말에서 그가 성신도와 무관한 사이가 아니라는 느낌을 받았다.

소정원은 진천룡을 똑바로 응시하지 못하고 자꾸 외면했다.

"성신도주와 사적인 관계가 있나요?"

진천룡은 딱 부러지게 대답했다.

"없소."

순간적으로 소정원 얼굴에 기쁜 기색이 떠올랐다가 사라졌다.

그러더니 이번에는 기대 어린 표정을 지으며 물었다.

"공적인 관계도 없나요?"

'관계도'라고 물은 것은 아무런 관계가 없기를 갈망하는 그녀의 내심을 드러내는 것이다.

"없소."

"아아……"

소정원은 기쁨을 숨기지 않고 얼굴 가득 나타내며 안도의 탄성을 터뜨렸다.

그녀는 호흡이 가빠져서 들먹이는 가슴을 손으로 지그시 누르며 말했다.

"그럼 성신도 대도주가 왜 영웅문에 찾아왔었나요?"

무극애의 감후성도 그랬었고 호천궁의 종초홍도 그랬는데, 창파영의 소정원도 똑같이 성신도 대도주 화라연이 영웅문에 찾아왔었다는 사실을 알고 있으며, 그 사실을 매우 중요하게 여기고 있다.

진천룡은 자꾸 시선을 피하거나 눈을 내리까는 소정원의 양뺨을 잡고 자신을 똑바로 보도록 했다.

"날 보시오."

"아……"

소정원은 화들짝 놀라서 눈동자가 이리저리 부유했다.

진천룡은 그녀를 응시하며 부드럽게 말했다.

"나를 똑바로 보면서 말하시오."

"아아……."

소정원의 눈동자가 수면에 뜬 소금쟁이처럼 흔들리다가 차츰 안정되어 그와 눈을 마주 보았다.

그녀의 눈에는 수줍음이 가득 들어 있었다. 그러면서 눈이 속삭였다.

'무조건 당신을 믿어요'라고.

이제 여자들을 다루는 일은 누워서 식은 죽을 먹는 것보다도 쉬운 일이라고 생각하게 된 진천룡은 부드럽게 미소 지으며 말했다.

"알고 싶은 것이 무엇이오?"

그는 소정원이 정신적으로 함락되고 있음을 느꼈다. 조금만 더 하면 완전히 주저앉을 것이다.

"성신도 사람을 만난 적이 있나요?"

"있소."

"왜… 만났나요?"

진천룡은 매우 엄숙하고도 진지한 표정을 지었다.

"이제부터 나는 그대에게 모든 일에 솔직할 테니까 그대도 내게 그럴 수 있겠소?"

"아……."

소정원은 누군가 자신에게 이런 식으로 너무도 감동적인 말을 해준 적이 없었기에 심장이 철렁 내려앉았다.

올해 삼십팔 세인 그녀는 철모르는 어린 소녀처럼 가슴이 쿵쾅거리는 것을 어쩌지 못했다.

"저… 도 그럴게요."

소정원은 마치 첫사랑에 빠진 것처럼 수줍게 더듬거렸다. 그러면서도 자신이 그러고 있다는 사실을 자각하지 못했다. 그저 마냥 꿈을 꾸는 것만 같았다.

진천룡은 그녀의 뺨을 부드럽게 쓰다듬으면서 이제 이 여자는 내 말이라면 다 들어줄 것이라고 확신했다.

그가 뺨을 매만지듯이 쓰다듬는데도 소정원은 가만히 있었다. 마치 당연하다는 듯한 표정마저 짓고 있었다.

그는 자신이 여자들을 무척이나 능수능란하게 잘 다룬다고 오해를 하고 있었다.

여자는 진심으로 대해야 진심을 주는 법인데, 그는 그렇지 않더라도 은혜를 베풀고 요령 있게 잘 대하면 여자를 마음대로 요리할 수 있다고 생각했다.

그야말로 위험한 발상이 아닐 수 없다. 그렇지만 현실에서 여러 상황들이 그로 하여금 그렇게 오해하도록 만드는 일들이 연이어 벌어지고 있었다.

그렇다고 해서 진천룡이 여자들을 온통 거짓으로 대하는 것은 아니다.

그녀들을 진심으로 사랑하지 않을 뿐이지 다른 것들은 다 진심에서 우러나온 것들이다.

또한 여자들을 악이용하려고 굴복시키는 것이 아니다. 나도 좋고 너도 좋게 하려는 선의에서다.

그렇기 때문에 그는 이러는 것이 나쁜 일이 아니라고 생각하는 것이다.

진천룡은 진지한 얼굴로 말했다.

"성신도 대도주가 날 제자로 거두고 싶다고 말했었소."

소정원의 눈이 커졌다. 설마 그럴 것이라고는 추호도 예상하지 못했었다.

"그래서요?"

"거절했소."

소정원의 눈이 더 커졌다.

"거… 절인가요? 왜죠?"

천하사대비역의 성신도라면 다른 삼대비역보다 모든 면에서 훨씬 더 크고 거대하며 높은 곳이다.

무극애와 호천궁, 창파영에서도 그걸 인정하기에 지난 수백 년 동안 귀를 곤두세우고 성신도에서 흘러나오는 말에 일희일비했던 것이다.

성신도 대도주의 제자가 된다는 것은 다음 대 성신도주가 된다는 뜻이다.

또한 장차 천하의 주인이 될 지위에 오르는 것이기라고도 할 수 있었다.

"왜라니?"

"그런 엄청난 제안을 거절하다니, 이유가 궁금한 것은 당연하지 않은가요?"

진천룡은 소정원의 그런 모습이 진짜 십칠 세 어린 소녀로 보여서 귀엽기까지 했다.

진천룡은 당당하게 말했다.

"천하에는 성신도가 대단한 존재일지 모르지만 난 아니오. 내가 장차 무엇을 하더라도 성신도의 손을 빌리고 싶은 생각은 추호도 없소."

"그런가요……?"

"특히 나는 대도주라는 아줌마가 마음에 들지 않았소."

"아……."

소정원은 깜짝 놀랐다. 그가 성신도 대도주를 일개 아줌마라고 칭했기 때문이다.

소정원은 그의 말에 속이 다 시원해서 고개를 젖히고 목젖이 보일 정도로 명랑하게 웃었다.

"아하하하하! 아줌마라고요?"

진천룡은 빙그레 웃었다.

"그럼 아줌마지 뭐라고 불러야 하오? 아니면 할망구?"

"하… 할망구… 깔깔깔깔깔—!"

소정원은 아예 숨이 넘어갈 것처럼 웃어댔다.

진천룡은 명랑하게 웃는 그녀를 물끄러미 바라보다가 머리에 손을 얹었다.

"그만 웃어라."

"……!"

그의 느닷없는 하대와 머리에 손을 얹은 행동에 소정원은 웃음을 뚝 그치더니 말간 눈으로 그를 바라보았다.

"왜 그렇게 말하죠?"

진천룡은 자신이 대화를 이끌고 있다고 확신했다. 그리고 이 대화에서 소정원을 굴복시킬 수 있다고 믿었다.

"아까 동경으로 네 얼굴을 봤잖느냐?"

아까 소정원은 동경에 비친 십칠 세 소녀로 변한 자신의 모습을 보고 소스라치게 놀랐었다.

"그런데요……?"

진천룡은 빙그레 푸근한 미소를 지었다.

"그렇게 어리고 귀여운 소녀에게 하대를 하는 것은 당연하지 않겠느냐?"

소정원은 싫지 않은 표정을 지었다. 아니, 매우 고맙고도 기쁜 내색을 감추지 않았다.

진천룡은 천연덕스럽게 투덜거리듯 말했다.

"너의 실제 나이가 어찌 됐든 눈앞의 새파란 어린 소녀에게 이랬소 저랬소 하려니까 헛바닥에 좀이 쑤시는 것 같아서 견딜 수가 없다."

그는 소정원 얼굴에 만족한 표정이 아침 햇살처럼 떠오르는 것을 보며 짐짓 정중한 태도로 말했다.

"내가 그러는 것이 싫다면 다시 아줌마를 대하듯 정중하게 하겠소."

'아줌마'라는 말이 비수가 되어 소정원의 가슴팍에 깊숙이 푹! 꽂혔다.

그녀는 내심으로 악! 하고 날카로운 비명을 질렀고 진천룡이 다시 조금 전처럼 언행을 한다면 견딜 수가 없을 것 같다는 생각이 들었다.

진천룡은 그녀의 표정이 변하는 것을 예의 살피면서도 짐짓 모르는 체 말했다.

"아줌마, 아까 어디까지 얘기했었소?"

"앗!"

그가 불문곡직 '아줌마'라고 부르자 소정원은 뾰족한 비명을 질렀다.

그녀가 그러거나 말거나 진천룡은 제 할 말을 계속 했다.

"나는 내 능력으로도 충분히 성신도를 능가할 수 있다고 믿기 때문에 대도주의 요구를 거절한 것이오. 아줌마가 그 상황이라면 나처럼 하지 않았겠소?"

第百九十四章

혈성공자(血星公子)

진천룡이 자꾸 '아줌마'라고 하자 소정원은 당장이라도 울음을 터뜨릴 것 같은 표정이 되었다.

"그만해요……!"

"아줌마, 뭘 그만하라는 것인지 콕 짚어서 말을… 읍!"

소정원이 느닷없이 손으로 그의 입을 막는 바람에 그는 말을 멈추어야만 했다.

그녀는 진천룡의 입을 막은 채 애원하는 듯한 표정을 지으며 말했다.

"제발 아까처럼 해줘요."

손을 뻗어 입을 막은 채 새카만 눈에 눈물을 담고 아스라한 표정으로 바라보는 소정원을 보면서 진천룡은 가슴속에서 뭔가 쿵! 하고 내려앉는 것을 느꼈다.

진천룡은 모르는 체 너스레를 떨었다.

"아줌마, 아까처럼 뭘 어떻게 해달라는 겁니까?"

탁탁탁······.

"그만해요. 나빠요······."

급기야 그녀는 주먹으로 그의 가슴을 두드리며 울음 섞인 목소리로 앙탈을 부렸다.

창파영에서 태어나 창파영에서만 자란 그녀는 세상 물정을 전혀 모르기에 순수하기 짝이 없었다.

진천룡은 그녀의 손을 잡으며 빙그레 미소 지었다.

"그래. 알았다."

남녀의 관계란 우주나 삼라만상보다 더 오묘하기 짝이 없으며 불가해한 것투성이다.

진천룡은 소정원을 가만히 품에 안고 머리를 쓰다듬었다.

"너, 이름이 뭐냐?"

남들이 이 광경을 본다면 아무도 이해하지 못할 것이고 머리가 돌아버릴지도 모른다.

단연코 태어나서 단 한 번도 남자에게 자신을 맡겨본 적이 없는 천하의 숙맥인 소정원은 여자를 제 마음대로 다룰 줄 안다는 환상에 빠져 있는 진천룡에게 단숨에 휘말려 버렸다.

그녀는 그의 가슴에 얼굴을 묻은 채 속삭이듯 말했다.

"소정원이에요. 당신은 저를 원이라고 부르세요."

"알았다. 그런데 널 그렇게 부르는 사람이 있느냐?"

"없어요. 단 한 명도."

진천룡은 조금 전에 하던 얘기를 계속했다.

"어쨌든 나하고 성신도의 노망난 할망구하고는 아무런 관계가 없다. 믿느냐?"

난생처음 남자 품에 안겨본 소정원은 온몸이 벌벌 떨리는 것을 간신히 참고 있는 중이다.

그러고 보니까 진천룡 주위에는 반로환동으로 회춘한 절세미녀가 두 명 있었다.

부옥령과 화운빙이다. 소정원도 그녀들처럼 십칠팔 세 시절 외모의 절세미녀로서 뒤지지 않았다.

두 사람이 무엇을 하는지 무슨 대화를 나누는지 밖에서는 일절 모른다. 진천룡이 들어오자마자 두터운 호신막을 쳐놨기 때문이다.

소정원은 그의 가슴에 뺨을 묻고 고개를 까딱거렸다.

"당신 말이라면 무조건 다 믿어요."

진천룡은 그러는 소정원이 너무 귀여워서 부드럽게 머리를 쓰다듬었다.

"지금부터 너하고 나는 적이 아니다. 그럴 수 있겠느냐?"

"네……."

그녀는 입술을 오물거리면서 무슨 말인가 할까 말까 망설이다가 끝내 말했다.

"그럼… 우리 관계는 뭔가요?"

"친구지."

그녀는 그의 가슴에서 뺨을 떼더니 커다란 눈으로 그를 올려다보았다.

"아까 그 여자들은 당신하고 어떤 관계인가요?"

진천룡은 대답하기가 곤란했다. 현수란은 수하라고 말할 수 있는데 부옥령은 그렇게 말할 수 없기 때문이다. 그는 부옥령을 수하라고 여기지 않는다.

진천룡은 소정원이 대답을 기다리고 있는 것을 보면서 조금 더 생각하다가 대답했다.

"한 사람은 수하이고 한 사람은 여종이다."

"여종이라고요?"

소정원의 눈이 화등잔처럼 커졌다.

상황이 진천룡이 전혀 기대하지 않았던 방향으로 흘러가고 있지만 원하는 바라서 그는 내버려 두었다.

소정원의 눈이 마구 반짝거렸다. 진천룡은 흡사 그녀의 눈 속에 반딧불이가 들어 있다는 착각이 들었다.

"그 여종의 지위는 뭔가요?"

"좌호법이야."

"좌호법이면서 여종인가요?"

"그래."

소정원은 눈을 깜빡거리면서 어떤 생각에 잠겼다.

진천룡은 자신이 소정원에게 진실을 말하고 있다는 사실에 그녀를 농락하는 것이 아니라는 위안을 받았다.

"당신과 그녀는 서로 내밀(內密)한 관계인가요?"

진천룡은 의아한 표정을 지었다.

"내밀… 이 뭐지?"

진천룡은 그런 어려운 단어를 모른다.

소정원은 붉고 작은 입술을 오물거리다가 종알거렸다.

"서로 사랑하는 사이인가요?"

그녀는 자신의 말에 진천룡이 어떤 반응을 보이는지 눈도 깜빡거리지 않고 지켜보았다.

그녀는 진천룡이 곰곰이 생각하는 것을 보면서 이미 대답을 들은 것 같았다.

그렇지만 진천룡은 어디까지나 진지했다. 그는 이 기회에 자신이 부옥령을 어떻게 사랑하는지 생각해 보았다.

그는 어떤 결정을 내리고 가볍게 고개를 끄떡였다.

"나는 그녀를 사랑하고 있어."

소정원의 눈이 별처럼 빛났다.

진천룡은 설옥군만큼은 아니지만 부옥령을 사랑하고 있다고 생각했다.

진천룡과 소정원은 본의 아니게 사랑을 논하고 있었다.

키가 진천룡의 목까지 오는 소정원은 고개가 아프지도 않은

지 여전히 그를 올려다보았다.

"당신이 또 사랑하는 여자가 있나요?"

"있어."

소정원은 실망하지 않았다.

"누구죠?"

"설옥군."

"어떤 여자죠?"

소정원은 진천룡의 두 눈에 아련한 그리움이 젖어드는 것을 발견했다.

"내 모든 것이야."

"아……."

"어디에 있나요? 지금 여기에 있나요?"

소정원은 사심 없이 그녀가 보고 싶다는 생각이 들었다.

진천룡은 쓸쓸한 얼굴로 고개를 가로저었다.

"없어. 먼 곳에 있지."

"그런가요……?"

소정원의 조사는 멈추지 않고 계속됐다.

"사랑하는 여자가 또 있나요?"

"없어. 둘뿐이야."

그제야 우둔한 진천룡은 문득 이상한 생각이 들었다.

"그런데 넌 그런 걸 왜 묻는 거지?"

이러면 대다수 사람들은 뜨끔하는데 소정원은 전혀 그러지 않았다. 티 없이 순수하기 때문이다.

소정원은 여태까지와는 달리 뜨겁고도 해맑은 눈으로 그의 눈을 응시하며 말했다.

"제가 당신의 세 번째 사랑하는 여자가 되고 싶어요."

진천룡은 조금도 놀라지 않았다. 그는 사랑하는 데 이것저것 따지지 않는다.

하지만 임자 있는 여자와 자식이 있는 여자는 고려해 봐야 한다고 생각했다.

그는 빙그레 미소 지었다.

"넌 남편이 있잖느냐?"

소정원은 진천룡이 보지 못할까 봐 세차게 고개를 가로저었다.

"없어요. 저는 혼인한 적 없어요."

"밖에 있는 네 아이들은 뭐냐?"

"제가 낳은 자식이 아니에요. 저는 순결해요. 한 번도 남자와 자본 적이 없어요."

진천룡은 눈을 크게 떴다.

"그래?"

소정원은 간절한 표정으로 그를 바라보며 말했다.

"저는 어쩌면 당신을 사랑하게 됐는지도 몰라요. 이런 감정은 생전 처음이에요."

"어떤 감정인데?"

소정원만큼은 아니지만 진천룡은 이런 상황에서의 여자의

감정이 어떤지 궁금했다.

소정원은 눈을 한 번 깜빡이고 나서 속삭이듯이 갈댓잎 스치는 소리를 냈다.

"머릿속에서 만 마리 새들이 노래 부르고 있어요. 심장이 뜨거워서 델 것만 같고, 몸이 구름을 타고 있는 것처럼 가벼워요. 그리고……."

"그리고?"

"당신을 잠시라도 보지 않으면 숨이 막힐 것만 같아요. 이런 감정이 뭔가요?"

"글쎄……."

슥―

그때 소정원이 그에게서 떨어져 세 걸음 물러나더니 갑자기 무릎을 꿇고 절을 올렸다.

"용서해 주세요."

"뭘 용서하라는 것이냐?"

소정원은 이마를 바닥에 대고 절절한 목소리로 말했다.

"제가 대군을 이끌고 와서 영웅문을 괴멸시키려고 했던 일을 용서해 달라는 거예요."

진천룡은 소정원이 공과 사를 구별할 줄 아는 사람이라고 생각했다.

그도 짚고 넘어가야 할 일이 있었는데 소정원이 먼저 얘기를 꺼냈기에 잘됐다는 생각이 들었다.

"왜 본문을 공격하려고 했느냐?"

소정원은 여전히 이마를 바닥에 댄 채 공손히 대답했다.

"검황천문의 태공자가 위험을 알려줬어요."

여기에서 또 검황천문 태공자가 나왔다. 그는 무극애와 호천궁에 이어서 창파영에도 개입하고 있었다.

"태공자가 창파영에 찾아왔었나?"

"아니에요. 본영의 장소는 중원에서 아무도 몰라요. 그에게서 연락이 왔기에 본영의 총대영이 중원에 나와 그를 만나 얘기를 나누었어요."

"어떤 얘기였지?"

진천룡은 짐작하는 바가 있지만 확인하려고 물었다.

"태공자 말에 의하면, 성신도 대도주와 당신이 밀접한 관계인데 둘이서 천하정벌을 계획하고 있다는 거였어요."

"그걸 믿었어?"

"태공자는 우리가 믿을 수밖에 없도록 여러 가지 구체적인 증거를 제시했어요."

"무슨 증거?"

진천룡은 일부러 소정원을 일어나게 하지 않았다. 지금은 이 문제를 해결해야만 하기 때문이다. 만약 그녀 입에서 만족할 만한 설명이 나오지 않는다면 아쉽지만 그녀를 내칠 수밖에 없는 일이다.

소정원은 진심이 뚝뚝 묻어나는 어조로 대답했다.

"그런데 이제 생각해 보니까 태공자가 한 말들은 다 거짓말이었어요. 당신이 성신도 대도주와의 관계를 솔직하게 말해주어서 그걸 깨달았어요."

"그래, 알았다."

태공자가 무슨 거짓말을 늘어놓았을지 짐작이 된다. 그런 것까지 구구하게 들을 필요는 없다.

진천룡은 손을 뻗으며 부드럽게 말했다.

"용서하마, 일어나라."

소정원은 천천히 조심스럽게 일어나서 그에게 다가와 한 걸음 앞에 섰다.

"고마워요."

그녀는 잠시 숨을 고른 후에 말을 이었다.

"이제 제가 뭘 하면 되나요?"

"뭘 할 수 있지?"

소정원은 배시시 미소 지었다.

"당신이 원하는 것은 무엇이든 다요. 제 목숨까지도 당신 거예요. 어차피 당신이 주신 목숨이잖아요."

그렇다. 진천룡이 아니었으면 그녀의 영혼은 지금쯤 바삐 저승으로 가고 있을 것이다.

이제부터 그녀가 누리게 될 그 모든 것들은 진천룡이 준 것이나 다름이 없다.

소정원은 뜨거운 눈빛으로 그를 바라보았다.

"아까 했던 제 물음에 답해주세요."

진천룡은 가볍게 고개를 끄떡였다.

"세 번째 여자가 될 수 있는 자격을 주마. 첫눈에 널 사랑할 수는 없으므로 이제부터 너는 내가 너에게 사랑을 느끼도록 해봐라."

소정원의 눈빛이 크게 물결치더니 그에게 가깝게 다가와서 조심스럽게 물었다.

"당신을 안아도 되나요?"

"그래."

그녀는 그에게 살며시 안기고 나서 속삭였다.

"저를 당신의 여종으로 삼아주세요."

신기한 일이다. 천하의 내로라하는 절세미녀들은 어째서 하나같이 진천룡의 여종이 되려는 것인지 모를 일이다.

일이 이쯤 되자 진천룡은 기고만장해졌다. 자신이 마음만 먹으면 천하의 어떤 여자라도 죄다 여종으로 삼을 수 있다는 자신감이 그를 하늘 꼭대기에 올려놓았다.

이것은 그의 잘못이 아니다. 또한 그가 잘생기기는 했지만 천하제일을 따질 만큼의 절세미남은 아니다.

그런데도 여자들이 그의 앞에서 퍽퍽! 엎어지는 것은 한마디로 설명할 수가 없다.

가장 큰 이유는 여자에게 베푸는 하늘 같은 은혜일 것이다.

어느 누구라도 남녀를 불문하고 그런 은혜 앞에서는 무조건

적으로 굴신(屈身)하게 되는 것이다.

그다음 이유를 꼽는다면 그의 진실성일 것이다. 그는 거짓말을 하지 않으며, 설혹 자신에게 손해가 되더라도 모든 일을 솔직하게 말한다.

세 번째 이유는 그의 능수능란한 여자를 다루는 기술 덕분이라고 할 수 있다.

소정원 같은 절세미녀가 여종으로 삼아달라고 하는데 마다할 진천룡이 아니다.

그는 고개를 끄떡였다.

"알았다."


                    *            *            *


부옥령과 현수란 등은 실내에서 진천룡과 소정원이 무슨 대화를 나누었는지 일절 듣지 못했다.

방에서 두 사람이 나란히 나오자 모두의 시선이 집중됐다.

진천룡은 아무렇지도 않은 담담한 얼굴이고, 소정원은 얼굴에 홍조를 띠고 있으며 세상을 다 가진 것 같은 포근한 미소를 짓는 모습이다.

부옥령은 실내에서 무슨 일이 있었는지 짐작조차 하지 못했지만 한 가지만은 분명히 알 수 있었다.

진천룡이 소정원을 함락시켰다는 사실이다. 물론 몸이 아니라 정신의 함락이다. 두 사람의 표정을 보면 알 수 있다.

그렇지만 부옥령은 그것을 질투하기보다는 진천룡에게 경이로움을 느꼈다.

'주인님께서는 여자를 다루는 일이 이미 신의 경지에 이르렀어……!'

탁자에는 진천룡을 비롯하여 최측근들이 둘러앉아 있다.

말 그대로 최측근들만 모였다.

진천룡은 중인들을 둘러보면서 조용히 말했다.

"현재 상황은 다들 알고 있을 테니까 좋은 의견이 있으면 눈치 보지 말고 말해보라."

최측근들은 다들 당면한 이 상황에 대해서 머리에 쥐가 날 정도로 궁리를 많이 했지만 별다른 뾰족한 방법이 생각나지 않아서 입을 다물고 있다.

현재 검황천문과 마중천, 요천사계의 고수들이 항주 영웅문을 향해 진격하고 있는 중이다.

만약 그들을 제지하지 못한다면 며칠 내로 싸움이 일어날 수밖에 없다.

미상불 그것은 전쟁을 방불케 하는 어마어마한 싸움이 될 것이 분명하다.

고수들의 수는 정확하게 알 수가 없다. 검황천문 태공자 등이 함구하고 있기 때문이다.

그러나 미루어 예측하건대 적게는 삼만에서 많게는 오만 명 정도이지 않겠는가.

지금 이곳에는 무극애와 호천궁, 창파영까지 천하사대비역의 세 군데 사람들이 모여 있다.

소정원과 종초홍이 완전하게 진천룡 손아귀에 들어왔으며 무극애는 이번만큼은 조건부로 진천룡의 편을 들어주겠다고 약속했다.

태공자는 영웅문 합공에 대하여 무극애, 호천궁과 의논하려고 여기에 왔다.

사실 영웅문 합공에 대해서 태공자는 무극애 호천궁과 이미 얘기가 다 끝났다.

태공자와 연보진이 무극애와 호천궁을 각각 찾아갔을 때 합공해서 영웅문을 괴멸시키자고 합의를 봤었다.

하지만 진천룡이 무극애의 감후성 등과 대화를 해서 그 일을 뒤집었으며, 또한 종초홍을 여종으로 삼아 호천궁이 영웅문을 공격하는 일은 없던 일이 돼버렸다.

그런데 태공자는 지금 그걸 실행에 옮기자고 여기에 찾아온 것이다.

그렇지만 무극애와 호천궁이 이 핑계 저 핑계를 대면서 태공자의 말에 따르지 않고 있는 중이다.

이들 중에서 가장 머리가 좋다고 자부하는 부옥령조차도 뾰족한 방법이 없어서 입을 다물고 있다.

그녀는 두 가지 대안을 생각해 내서 그것을 머릿속으로 저울질하고 있는 중이다.

진천룡도 고심 끝에 한 가지 방법을 생각해 내기는 했는데 스스로 생각을 해보니까 기발하기는 해도 실현 가능성이 희박할 것 같았다.

그것은 지금 이 상황에서 오히려 역으로 검황천문을 공격하자는 것이다.

그렇게 하면 영웅문을 공격하려고 항주로 향하고 있는 검황천문 고수들이 급보를 받고 회군할 가능성이 크다.

그런데 문제가 하나 있는데 검황천문을 공격할 세력이 없다는 것이다.

진천룡을 비롯한 최측근 몇 명만으로 검황천문을 공격하는 것은 계란으로 바위를 치는 것과 같다.

검황천문에서 영웅문을 공격할 고수들이 빠져나갔다고 해도 기본적으로 검황천문을 지키는 고수가 아무리 못해도 이삼천 명은 될 터이다.

물론 무극애와 호천궁이 중원으로 자파의 고수들을 어느 정도 이끌고 왔겠지만 그들을 이끌고 검황천문을 공격할 수는 없는 일이다.

종초홍이 진천룡의 여종이 됐다고 해도, 그것이 그가 호천궁을 마음대로 부릴 수 있다는 뜻은 아니다.

무극애는 더하다. 무극애 대표로 이곳에 온 감후성은 영웅문을 공격하기로 한 이번 일에서 한 걸음 뒤로 물러나겠다는 것이지 진천룡을 무조건적으로 돕겠다고 한 적이 없다.

침묵이 길어지고 있다. 다들 생각에 깊이 잠겨서 숨소리조차 나지 않았다.

무엇이든지 생각만 하면 그것을 결정할 수 있는 지위의 진천룡조차도 별다른 방법을 생각해 내지 못하는데 하물며 최측근들이야 말해 무엇하겠는가.

종초홍과 소정원은 진천룡의 좌우 옆자리를 부옥령과 현수란에게 뺏긴 채 그녀들 옆에 앉았지만 한시도 그에게서 시선을 떼지 못하고 있다.

"저……."

그때 진천룡을 바라보기 위해서 양쪽 팔꿈치를 탁자에 대고 있는 종초홍이 고개를 빼고 그를 응시하며 조심스럽게 말문을 열었다.

"말씀드릴 게 있어요."

모두의 시선이 종초홍에게 집중됐으나 그다지 무언가를 기대하는 표정들은 아니다.

진천룡은 부드러운 미소를 지으며 고개를 끄떡였다.

"말해봐라."

이쯤 되면 사람들을 한번 둘러볼 만한데도 종초홍은 오로지 진천룡만 뚫어지게 주시했다.

"검황천문을 공격하는 것은 어때요?"

"어?"

"아……!"

진천룡과 소정원이 각기 다른 탄성을 흘려냈다.

진천룡도 같은 생각을 하고 있었지만 검황천문을 공격할 세력이 없어서 접어두었다.

진천룡은 일단 종초홍을 칭찬했다.

"좋은 생각이다."

종초홍의 얼굴이 환해졌다. 그녀가 그런 생각을 했다는 것은 호천궁의 호천고수들을 진천룡에게 밀어주겠다는 뜻이라고 해석해도 될 것이다.

소정원은 눈을 반짝거리면서 고개를 끄떡이며 진천룡에게 말했다.

"제 소견도 같아요. 지금 상황에서는 검황천문을 공격하는 것만이 유일한 해결책이에요."

그러나 진천룡과 부옥령을 제외한 중인들은 말도 안 되는 소리라고 일축했다.

진천룡이 걸림돌로 여겼던 바로 그 이유, 검황천문을 공격할 고수들이 없다는 것 때문이다.

그렇지만 부옥령은 진천룡의 얼굴을 보더니 그도 같은 생각을 하고 있었다는 사실을 간파했다.

영리함이 지나친 부옥령은 종초홍이 그렇게 말한 이유를 즉시 깨닫고 그녀를 보며 물었다.

"네 말은 호천고수들을 빌려주겠다는 것이냐?"

중인들은 그런 생각을 하지 못했으므로 그제야 머리가 트여 흠칫 놀라면서 종초홍을 주시했다.

종초홍은 고개를 끄떡였다.

"그래요, 본궁은 호천고수 오천 명을 이끌고 왔는데, 그들은 초일류급이라 무당파가 셋은 모인 위력을 발휘할 거예요."

중인들 중에서 종초홍의 말이 과장됐다고 생각하는 사람은 아무도 없다.

천하사대비역이 그래서 무서운 존재라는 것이다. 만약 그들 중에 어느 하나의 세력이 나쁜 마음을 먹고 중원에 출현한다면 모르긴 해도 대륙의 절반 이상이 피구름에 뒤덮이고 말 것이다.

종초홍의 말에 중인들의 표정이 획 변했다. 무당파 세 개를 합친 정도의 어마어마한 위력을 지닌 호천고수 오천 명을 진천룡에게 맡기겠다는 것이다.

부옥령의 시선이 이번에는 소정원에게 향했다.

하지만 중인들은 소정원을 보면서도 그다지 기대하는 표정을 짓지 않았다.

그녀는 창파영의 엄선된 고수 이만오천여 명을 이끌고 왔다가 그중에 만구천여 명을 영웅문의 불화살 공격에 잃었기 때문이다.

그러나 소정원의 입에서 전혀 뜻밖의 말이 흘러나왔다.

"주인님께서 원하신다면 현재 영웅문에 갇혀 있는 창파고수

칠천여 명을 주인님께 맡기겠어요."

"아……."

"허어……."

그녀의 말에 부옥령을 비롯한 중인들은 두 가지 사실을 알게 되었다.

놀랍고도 어이없게도 천하사대비역의 창파영 영주가 진천룡의 여종이 됐다는 사실이다.

그리고 또 한 가지는 창파고수 칠천여 명을 송두리째 일임할 정도로 그녀가 진천룡을 믿고 따른다는 사실이다.

종초홍은 놀라면서도 뜨악한 표정으로 소정원을 바라보면서 입술을 오물거렸다. 뭔가 할 말이 있는 것 같은데 참고 있는 모습이다.

마침 그때 소정원이 종초홍을 보다가 두 사람의 시선이 정면으로 마주쳤다.

두 소녀는 서로를 쳐다보다가 오래지 않아서 엷은 미소를 지었다.

적의라곤 추호도 담겨 있지 않은, 동병상련 동지의 미소다.

부옥령은 마지막으로 진천룡을 쳐다보면서 진지하게 물었다.

"어떻게 하시겠어요?"

진천룡은 잠시 생각하다가 무겁게 고개를 끄떡였다.

"무극애 사람들을 만나보자."

진천룡은 부옥령과 소정원, 종초홍만 데리고 무극애의 감후성 등과 마주 앉았다.

감후성은 진천룡의 표정을 보고 그가 어떤 중대한 결정을 내렸다는 사실을 감지했다.

좌중에 무거운 분위기가 깔리자 무극애 사람들은 적잖이 긴장하여 진천룡을 주시했다.

진천룡은 감후성을 똑바로 응시하며 입을 열었다.

"단도직입적으로 묻겠소."

감후성은 진지한 표정으로 고개를 끄떡였다.

"그러시오."

"솔직한 대답을 기대하오."

감후성은 진천룡을 물끄러미 응시하다가 묵직하게 고개를 끄떡였다.

"그러겠다고 약속하겠소."

"검황천문이 무극애의 완벽한 통제하에 있소?"

진천룡의 말에 감후성을 비롯한 무극애 사람들의 표정이 흐려지더니 더러는 씁쓸한 표정을 짓기도 했다.

감후성은 지그시 어금니를 악물었다가 결심한 듯 단호한 어조로 말했다.

"그 반대요. 검황천문을 만든 것은 우리지만 그들은 우리의 통제를 거의 벗어나서 행동하고 있소."

진천룡은 고개를 끄떡였다.

"왜 그렇게 됐는지에 대해서는 묻고 싶지 않소. 다만 지금은 한 가지 매우 중요한 사안에 대해서 감 형이 협조해 주기를 바라고 있소."

"말하시오."

진천룡이 매우 진지한 표정을 짓고 있기 때문에 감후성을 비롯한 무극애 사람들의 표정은 진지하다 못해서 엄숙했다.

부옥령과 종초홍, 소정원은 진천룡이 이제 무슨 말을 하려는 것인지 짐작했다.

"우린 검황천문을 괴멸시킬 계획이오."

"아……!"

"설마……."

"앗!"

실내에 있는 사람들은 진천룡을 제외하고 모두 크게 놀라 탐성을 터뜨렸다.

진천룡은 방금 검황천문을 '공격'하겠다는 것이 아니라 '괴멸' 시키겠다고 말했기 때문이다.

모두들 자신들의 귀를 의심하는 표정을 지으면서 그가 다시 한번 말해주기를 기대했다.

진천룡은 확인시켜 주기 위해서 다시 한번 말했다.

"우린 이번 기회에 검황천문을 괴멸시키려고 하는데 무극애의 협조가 필요하오."

진천룡은 다른 사람들이 따라오지 못할 속도로 빠르게 앞서 나가고 있다.

검황천문을 괴멸시킨다는 말 때문에 다들 충격에 빠져 있는 상황에 그는 또다시 무극애더러 '협조'해 달라고 요구하고 있는 것이다.

"무엇을……."

감후성은 진천룡이 검황천문을 괴멸시키려고 하는데 무극애가 눈감아달라는 요구일 것이라고 짐작했다.

그렇지만 부옥령과 종초홍, 소정원은 그게 아니라고 예측했다.

진천룡의 표정은 그 어느 때보다도 진지했다.

"우릴 도와주시오."

"어떻게 도와주면 되오?"

어떻게 도와주면 되느냐는 말은 도와줄 의사가 절반 이상이라는 뜻이다.

진천룡은 악어처럼 한 번 문 먹잇감을 놓지 않고 흔들었다.

"무극애의 무극고수들을 지원해 주시오."

"허어……."

아무리 통제에서 벗어난 검황천문이라고 해도 무극애가 세운 문파인데 그 검황천문을 괴멸시키는 데 무극고수들을 지원해 달라고 요구하는 진천룡이다.

감후성을 비롯한 무극애 사람들은 기가 막힌다는 표정으로 한동안 말을 하지 못했다.

＊　　　＊　　　＊

　진천룡은 맞은편에 앉은 감후성을 똑바로 직시하면서 말했다.

　"혹시 무극애는 검황천문을 껄끄러워하는 게 아니오?"

　감후성은 대답하지 않았지만 그를 비롯한 무극애 사람들의 얼굴에 씁쓸함과 당혹감이 떠오르는 것이 이미 그렇다고 시인한 것이나 다름이 없었다.

　감후성은 얼굴 표정을 감추거나 바꾸려고 하지 않고 천천히 고개를 끄떡였다.

　"우리는 검황천문을 만든 것을 후회하고 있소."

　그의 말에 진천룡과 무극애 사람들을 제외한 모두들 크게 놀라는 표정을 지었다.

　진천룡은 이미 거기까지 예상했기에 감후성에게 그렇게 물은 것이고 또 도와달라고 노골적으로 요구한 것이다.

　감후성은 착잡한 표정에 착 가라앉은 목소리로 조용히 말을 이었다.

　"우리는 처음에 온순하게 말 잘 듣는 개를 중원에 내보냈는데 이백여 년의 세월이 흐르는 동안 그 개가 호랑이로 성장했소. 그런데 이제 그 호랑이가 맹독을 지니더니 날개까지 달려하고 있소."

　이것으로 얘기는 끝났다. 무극애가 검황천문을 그렇게 생각

혈성공자(血星公子) 57

한다면 진천룡의 요구를 흔쾌히 들어줄 것이다. 들어주지 않을 이유가 없다.

진천룡은 감후성의 말을 끊지 않고 그가 요구를 들어주기를 기다렸다.

그런데도 감후성은 조금도 저자세를 보이지 않아서 진천룡은 그의 그런 점을 매우 높이 평가했다.

지금까지 진천룡이 본 감후성은 남자다운 성품을 두루 갖추고 있어서 마음에 꼭 들었다.

"이번에 영웅문을 괴멸시켜야 한다고 우리에게 강하게 주장한 것도 검황천문이었소. 성신도 대도주가 영웅문주인 귀하를 만나서 천하제패에 대하여 숙의했다는 확실한 증거를 갖고 있다면서 몇 가지를 제시하기도 했었소."

"어떤 증거였소?"

감후성은 씁쓸하게 웃었다.

"그때는 그것을 철석같이 믿었소. 그런데 귀하와 대화를 하고 보니까 그것들이 말짱 거짓이었다는 것을 깨달았소."

진천룡은 의아한 표정을 지었다.

"나랑 무슨 대화를 했기에 그러는 것이오?"

만약 감후성이 말하려고 하는 바를 진천룡이 즉각 알아차렸다면 아까의 대화가 그를 이해시키려고 잔머리를 굴렸다는 사실을 인정하는 꼴이 됐을 것이다.

그러나 진천룡이 감후성의 말뜻을 즉시 이해하지 못했기 때문에 그를 더욱더 믿게 만들었다.

감후성은 손을 내저었다.

"그런 건 중요하지 않소. 중요한 것은 우리가 귀하와 같은 뜻을 갖고 있다는 사실이오."

그는 잠시 침묵을 지키다가 진천룡을 보며 매우 진중하게 입을 열었다.

"한 가지 분명하게 짚고 넘어갑시다."

진천룡은 고개를 끄떡였다.

"말하시오."

진천룡과 부옥령은 감후성이 매우 중요한 말을 할 것이라고 예상했다.

"무극애는 영웅문의 친구가 되고 싶소."

이틀 전에 진천룡과 감후성은 하나의 거래를 성사시켰었다.

항주 영웅문에 감금되어 있는 무극애의 천상호위 감창과 경조 부부를 돌려주면 무극애도 영웅문 공격에서 손을 떼겠다는 거래였다.

그것은 거래였지 친구가 되자는 뜻은 아니었다. 그런데 지금 감후성은 무극애가 영웅문과 친구가 되고 싶다고 말했다.

진천룡은 선선히 고개를 끄떡였다.

"그럽시다."

그는 아무런 조건을 제시하지도 않고 감후성의 제의를 순순히 받아들였다.

부옥령은 진천룡이 왜 그랬는지 짐작할 수 있었다. 그녀는 지식으로는 진천룡을 훨씬 능가하지만 지혜로는 그를 따를 수가 없는 상황이 돼버렸다.

　지금의 진천룡은 일개 지역의 패자(霸者)를 넘어 군주(君主)의 기개와 지혜, 성덕(聖德)을 지니고 있다.

　지금 이런 상황에서 소인이라면 절대로 감후성의 제안을 받아들이지 않을 것이다. 지금 현재로서는 그 어떤 이득도 없기 때문이다.

　그리고 웬만한 호인이라고 해도 조건부 정도로 감후성의 제의를 받아들이려고 할 터이다.

　물론 그 조건이란 무극애가 영웅문에게 무극고수들을 제공하는 것이다.

　그리고 지금의 진천룡 같은 군주의 기개는 방금처럼 무조건적으로 감후성의 제의를 받아들인다.

　왜냐하면 이제 곧 감후성이 진천룡이 원하는 것을 답례로 줄 것이기 때문이다.

　감후성의 얼굴에 기쁘고 감격한 기색이 은은하게 떠올랐다. 그는 포권한 손을 앞으로 내밀며 정중하게 말했다.

　"고맙소, 이제부터 무극애와 영웅문은 친구외다."

　그는 부옥령과 현수란 옆에 앉아 있는 종초홍과 소정원을 의식하고 있는 것 같았다.

　그는 소정원이 누군지 정확하게는 모르지만 창파영 사람이라고만 알고 있다.

진천룡은 감후성이 뻗은 포권에 닿을 듯이 마주 포권을 하며 미소 지었다.

"잘 부탁하오."

우리가 어째서 친구인 것이며, 무극애는 앞으로 어떤 식으로 우릴 도와줄 것이냐고 꼬치꼬치 따지는 것은 하수들이나 하는 성급한 짓이다.

흘러가는 물을 막으면 오히려 역효과가 일어난다. 물은 그저 흘러가는 대로 내버려 두면 된다.

그러면 물은 높은 곳에서 낮은 곳으로, 지대가 조금이라도 낮은 곳을 찾아서 흐른다.

감후성은 진천룡 등이 바라던 얘기를 꺼냈다.

"우리가 이끌고 온 무극고수는 삼천 명이오."

부옥령은 내심 '옳지!'하고 쾌재를 불렀으나 겉으로는 예의 냉랭한 표정을 지어 보였다.

감후성은 포권을 하며 말을 이었다.

"불초가 삼천 명의 무극고수들을 이끌 테니까 귀하가 불초를 부장(副將)으로 삼아주시오."

진천룡은 다시 마주 포권했다.

"부탁하오."

그때 밖에 있는 청랑의 전음이 전해졌다.

[주인님, 태공자의 수하가 찾아왔는데 오늘은 반드시 결말을

내야겠다면서 무극애의 감후성과 호천궁의 종초홍을 만나겠다
고 해요.]

[물러가라고 해라.]

[알았어요.]

여기 얘기가 아직 끝나지 않았기 때문에 섣불리 태공자를
만날 이유는 없었다.


잠시 휴식을 취하다가 부옥령이 종초홍에게 힐난하는 식으
로 차갑게 물었다.

"호천궁은 호천고수 이천 명을 이끌고 왔다더니 이제는 어째
서 오천 명이라고 하는 거지?"

종초홍은 대수롭지 않게 대꾸했다.

"그건 내가 주인님의 수하가 되기 전에 한 얘기야. 그때는 서
로 적대 관계였으므로 무슨 말인들 못 하겠어?"

종초홍은 자신의 나이 또래인 부옥령에게 반말을 하는 것이
당연하다고 생각했지만 실제 나이가 사십삼 세인 부옥령으로
서는 기분이 나쁠 수밖에 없는 일이다.

그렇지만 부옥령은 자신의 외모가 십육칠 세로 보이기 때문
에 종초홍이 그러는 것은 어쩔 수 없다고 생각했다.

또한 종초홍이 방금 한 말이 이치에 맞기 때문에 부옥령으
로서는 할 말이 없어졌다.

그렇다고 해서 종초홍을 꾸짖는 것을 잊지는 않았다.

"나는 좌호법이니까 똑바로 행동해라."

"무슨 뜻이지?"

"내가 너보다 윗사람이라는 뜻이다."

"뭐라고?"

종초홍은 어이없는 표정을 짓더니 고개를 젖히고는 명랑한 웃음을 터뜨렸다.

"아하하하하! 네가 윗사람이라는 거냐?"

"그만 웃지 못하겠니?"

부옥령이 낮게 빽! 소리쳤으나 종초홍은 웃음을 그치고서도 아직 웃음기가 남아 있는 얼굴로 말했다.

"너 무지하게 웃기는 애다 응?"

"너⋯⋯?"

종초홍은 어이없어하는 부옥령의 코를 손가락으로 가볍게 콕! 찔렀다.

"네가 영웅문에서 좌호법이든 뭐든 간에 주인님 앞에서는 같은 여종이잖아. 안 그래?"

"⋯⋯."

부옥령은 자신이 진천룡의 여종이라는 사실을 종초홍이 알고 있을 줄은 몰랐기에 할 말을 잃었다.

그때 옆에서 지켜보고 있던 소정원이 다가와서 두 손을 뻗더니 부옥령과 종초홍의 손을 잡으며 다정하게 말했다.

"애들아, 앞으로 우리 친구처럼 친하게 지내자 응?"

종초홍은 환하게 웃으며 소정원이 잡은 손을 흔들었다.

"그래! 내 이름은 종초홍이야! 넌 이제부터 나를 홍아라고 불러도 돼!"

십칠 세가 된 소정원은 해맑게 웃었다.

"난 소정원이야. 너는 날 원아라고 불러."

저만치에서 소정원의 아들인 이십오 세의 소가화와 십팔 세인 소미미가 실소를 지으면서 바라보고 있다.


호천궁에서는 후호세영의 맏이인 주먹코 종방오와 후호세영의 둘째이며 준수한 종무교가 오천 명의 호천고수들을 이끌고 검황천문으로 출발했다.

무극애에서는 천상호위인 감탁과 경봉 부부기 삼천 명의 무극고수들을 이끌고 검황천문으로 향했다.

그들 팔천여 명은 최대한 모습을 드러내지 않은 상태에서 남경으로 가겠지만, 워낙 대규모 인원이 이동하다 보면 사람들 눈에 띌 수밖에 없으며 결국 검황천문의 촉각에도 걸리게 될 것이다.

진천룡과 부옥령은 그들을 일부러 감추려고 애쓰지 않았다. 모습이 드러나면 드러나는 대로 좋은 효과를 얻을 수 있기 때문이다.


커다란 탁자에는 무극애와 호천궁, 검황천문 사람들이 둘러앉아 있다.

무극애는 감후성를 비롯해서 천상호위 부부까지 세 명이고, 호천궁은 종초홍과 그녀의 오빠로 변신한 진천룡, 호위고수로 변신한 부옥령과 소정원 네 명이다.

검황천문 측에는 태공자인 혈성공자 현도성과 검황천문 태문주인 동방장천의 정실부인 연보진, 그리고 그녀의 셋째 아들인 동방호룡(東方浩龍), 그리고 연보진의 최측근 호위라고 하는 삼십 대 중반의 청년까지 세 명이다.

녹수원에서 오늘까지 사흘째 허비하고 있는 태공자 현도성의 심기는 몹시 좋지 않았고 그것이 얼굴에 노골적으로 고스란히 드러났다.

현도성은 좌중을 둘러보면서 불쾌함을 감추려고도 하지 않은 채 물었다.

"어떻게 됐소? 결정을 내렸소이까?"

그런데도 좌중에는 무거운 침묵만 흐를 뿐이지 아무도 대답을 하지 않았다.

현도성은 인내심이 많은 청년이다. 여러 면에서 출중했기에 태문주 동방장천이 복건선 신해문 문주의 제자였던 그를 탈취해서 자신의 제자로 삼았던 것이다.

현도성은 검황천문 최고 절학을 전수받아서 검천십이류의 일류 중에서도 상급에 속한다.

그는 과거에 남창 조양문에서 부옥령에게 극심한 중상을 당하여 죽을 고비를 넘긴 적이 있었는데, 그 이후 무공연마에 매두몰신하여 현재의 대단한 실력을 이루었다.

그는 이 자리의 어느 누구라고 해도 일대일로 겨루면 자신이 무조건 이길 것이라고 확신했다.

침묵이 길어지자 현도성은 준비했던 말을 내뱉었다.

"만약 이번에도 대답을 하지 않는다면 영웅문 공격은 본문 혼자서 실행하겠소."

검황천문 혼자 실행하겠다고 말하지만 실상은 마중천과 요천사계와 협공하는 것이다.

그가 그렇게 말하는 것은 검황천문이 실질적으로 마중천과 요천사계를 장악했기에 가능하다.

현도성은 감후성과 종초홍을 번갈아 쳐다봤지만 두 사람은 입을 열 기미를 보이지 않았다.

그걸 보고 현도성이 다시 말했다.

"만약 무극애와 호천궁이 협조하지 않는다면 본문이 영웅문을 괴멸시킨 후에 얻게 되는 이득에서 두 문파는 철저하게 배제될 것이오."

"그런데……."

그때 문득 진천룡이 조용히 입을 열었다. 현재 부옥령의 도움을 받아서 그는 전혀 다른 용모의 삼십 대 청년으로 변신한 모습이다.

현도성은 힐끗 그를 보면서 못마땅한 투로 말했다.

"귀하는 말할 자격이 없소."

진천룡은 두 팔을 벌리고 어깨를 으쓱했다.

"아주 중요한 말이오."

현도성은 그가 말을 해도 되느냐는 듯한 표정을 지으며 종초홍을 쳐다보았다.

종초홍은 진천룡의 팔을 자신의 두 팔로 싸잡아 안고 그의 어깨에 고개를 기대면서 미소 지었다.

"오라버니 말씀이 내 말보다 위에 있으니 그렇게 알아요."

그때, 그걸 보는 현도성의 눈에서 흐릿한 불꽃이 튀었다.

부옥령은 그것을 보고는 현도성이 질투를 하는 것이라고 판단했다.

'질투라니⋯⋯.'

부옥령이 내심으로 조소를 머금을 때 진천룡이 조용한 목소리로 말했다.

"우린 영웅문을 공격하지 않기로 했소."

현도성의 미간이 좁아졌다. 그는 그런 말을 듣게 될 것이라고 예상했지만 막상 들으니까 기분이 나빠졌다.

第百九十五章

역공

현도성은 불쾌한 티를 내지 않으려고 애쓰면서 물었다.

"이유가 무엇이오?"

진천룡은 짐짓 진지하게 대답했다.

"영웅문을 적으로 만들기 싫소."

"어……."

성격이 굳센 현도성이지만 전혀 뜻밖의 대답에 적잖이 놀라는 표정을 지었다.

"설마 영웅문이 두려운 것이오?"

"그렇소."

진천룡이 진지한 얼굴로 고개를 끄떡이자 현도성은 어이없다는 표정을 지었다.

"그게 말이 되는 소리요?"

"말이 안 되는 이유가 무엇이오?"

"그것은……."

현도성은 너무 기가 막혀서 말이 나오지 않았다. 다른 곳도 아니고 천하사대비역 중에 호천궁이 일개 지방의 패자인 신생 영웅문을 두려워하다니 그게 될 말인가.

진천룡은 더없이 진지하게 말을 이었다.

"검황천문도 영웅문을 두려워하지 않소?"

현도성의 얼굴에 반발적인 가소로움이 떠올랐다가 지워지며 은은한 분노로 바뀌었다.

"누가 그런 소리를 하오?"

진천룡은 대수롭지 않게 대꾸했다.

"내가 했소."

무림에서 누가 그런 말을 하더냐고 묻는 것인데 진천룡은 다 알아들었으면서도 모른 체 딴소리를 했다.

현도성은 분노를 가라앉히려고 했지만 뜻대로 되지 않아 콧김을 뿜으면서 말했다.

"영웅문은 본문에 비하면 조족지혈이오. 본문이 마음만 먹으면 언제라도 괴멸시킬 수 있소."

진천룡은 여전히 진지한 표정을 유지한 채 조용한 목소리로 말했다.

"검황천문이 여러 차례 영웅문을 토벌하려다가 뜻을 이루지 못하고 오히려 번번이 패배를 당했다는 소문은 이미 무림에 파다하게 퍼져 있소."

"그런······."

현도성은 말을 잇지 못하고 입을 다물었다. 진천룡의 말이 사실이기 때문이다.

부인하고 싶어도 부인할 수가 없다. 그것은 천하가 다 알고 있는 사실이다.

진천룡은 현도성을 똑바로 직시하며 말했다.

"귀하는 영웅문 좌호법에게 당해서 저승 문턱까지 갔다가 겨우 소생했다고 들었소."

"으음······!"

현도성이 묵직한 신음을 흘리는 것을 보면서 진천룡은 귀찮다는 듯이 손을 내저었다.

"검황천문이 영웅문에게 당해서 만신창이가 됐다는 사실은 코흘리개까지도 다 알고 있는 사실이니까 부인하지 마시오. 그럴수록 귀하의 모습만 더 추해질 뿐이오."

현도성의 얼굴이 수치심으로 벌겋게 달아오르고 있지만 진천룡은 아랑곳하지 않았다.

현도성은 종초홍의 오빠라는 인물이 무림에 대해서는 잘 모를 줄 알고서 영웅문을 말로써 깔아뭉개려고 했는데 이제 보니까 자신보다 더 잘 알고 있어서 말문이 막혀 버렸다.

"영웅문에게 검황천문 태문주도 당했고 태문주 사부인 금혈마황도 당했으며, 그의 부인 요천사계 요천여황이 죽었다는 사실도 알고 있소."

"어……."

현도성은 진천룡이 너무 자세하게 알고 있어서 적잖이 놀란 표정을 지었다.

"그러니까 쓸데없는 얘기는 피차 하지 맙시다. 검황천문이 영웅문을 겁내고 있는 것은 천하가 다 아는 사실 아니오?"

"끄응……."

현도성은 그냥 작은 신음을 내려고 했을 뿐인데 쥐어짜는 소리가 흘러나와서 자신마저 움찔 놀랐다.

"그런 영웅문을 본궁이 적으로 만들고 싶지 않다는 심정을 이제는 이해할 수 있겠소? 태공자?"

현도성은 아무 말도 할 수가 없었다. 그는 쭉정이라고 여겼던 종초홍의 오빠에게 보기 좋게 당하고 말았다.

그가 무림의 소문에 대해서 이토록 빠삭할 줄은 꿈에도 예상하지 못했었다.

"검황천문은 영웅문을 두려워하고 있지 않소?"

"그건……."

현도성이 뭐라고 가하게 대꾸하려는데 진천룡의 말이 이어지며 틈을 주지 않았다.

"두려워하기 때문에 검황천문 혼자 영웅문을 공격하지 못하고 마중천과 요천사계를 끌어들인 것으로도 모자라서 본궁과 무극애의 도움을 원하는 것이 아니겠소?"

"……."

현도성은 입이 백 개라도 대답할 말을 찾지 못했다.

진천룡은 손바닥으로 탁자를 가만히 두드렸다.

탁탁탁…….

"생각해 보시오. 그렇게 많은 고수들을 동원해서 괴멸시키려고 하는 영웅문이니 어찌 본궁이 두려워하지 않겠소?"

현도성은 드디어 말꼬리를 잡았다.

"그러니까 차제에 우리가 힘을 모아서 영웅문을 괴멸시키자는 것이 아니겠소?"

"그러니까 검황천문이 영웅문을 두려워한다는 사실을 인정하는 것이오?"

"……!"

현도성은 화살이 심장에 푹! 하고 꽂히는 느낌을 받고 눈을 조금 크게 떴다.

그는 속으로 당했다는 생각을 하면서 울대가 울컥! 하고 치밀어 진천룡을 무섭게 쏘아봤지만 지금은 어떻게 할 재간이 없었다.

반발하거나 진천룡을 공격했다가는 다 된 밥에 재를 뿌리는 꼴이 되고 만다.

이쯤하면 될 텐데도 진천룡은 한번 문 것을 놓지 않고 한 번 더 좌우로 흔들었다.

"인정하지 않는 것이오?"

현도성은 모두의 시선이 자신에게 집중된 것을 보고는 온몸의 피가 얼굴로 쏠리는 극도의 수치심을 맛보았다.

"음……! 대체 왜 이러는 것이오?"

진천룡은 현도성을 충분히 갖고 놀았으므로 이쯤에서 그만둬야겠다고 생각했다.

바로 그때 그에게 훈용강의 전음이 전해졌다.

[주군, 끝났습니다.]

현도성이 검황천문의 최정예 고수 백여 명을 이끌고 와서 녹수원 주위에 매복시켰는데 훈용강을 비롯한 최측근들이 다 제압하거나 죽였다는 뜻이다.

현도성 놀리기를 끝냈으니 마침 잘됐다.

진천룡은 현도성을 보며 느긋하게 말했다.

"그래서 본궁은 이쯤에서 빠질까 하오."

"이잇!"

현도성이 주먹을 움켜쥐고 발작하려는 것을 옆에 앉은 연보진이 가만히 어깨를 눌렀다.

"넌 가만히 있어라."

"사모님……."

감정에 휘둘리는 현도성보다는 냉철하게 상황을 파악하는 연보진이 나서야 할 시간이다.

연보진은 잔잔하게 진천룡을 보면서 흔들림 없는 조용한 목소리로 물었다.

"호천궁의 뜻은 분명한가요?"

"그렇소."

진천룡은 고개조차 끄떡이지 않고 입으로만 대답했다. 그러는 것이 연보진을 조금 더 질리게 만들었다.

"후회하지 않을 건가요?"

"그렇소."

연보진은 종초홍을 쳐다보았다. 오빠인 진천룡의 말을 믿어도 되는 것이냐는 뜻이다.

종초홍은 예쁘게 배시시 웃으며 손을 뻗어 진천룡의 팔을 잡으며 말했다.

"저는 오빠 말씀에 전적으로 동의해요."

연보진은 감후성을 쳐다보며 조금 힘이 빠진 목소리로 말했다.

"무극애는 어떤가요?"

만약 무극애마저 발을 뺀다면 검황천문은 영웅문 공격을 재검토해야만 할 것이다.

마중천과 요천사계만으로는 영웅문을 괴멸시킬 자신이 없기 때문이다.

진천룡하고는 다른 감후성은 정중한 표정으로 가볍게 고개를 숙이며 말했다.

"우리도 물러나겠소."

"이런……!"

현도성이 벌컥 화를 내며 일어나려는 것을 연보진이 팔을 잡아서 앉혔다.

연보진은 진천룡과 감후성을 보면서 씁쓸한 표정을 지었다.

"우릴 이틀 동안 기다리게 하더니 호천궁과 무극애가 이런 결론을 내렸군요."

감후성은 미간을 찌푸리고 있다가 어렵사리 입을 열었다.

"본애는 이백여 년 전에 중원에 지부 하나를 개설했었소. 중원의 여러 정보를 입수하거나 자잘한 심부름을 시키려는 의도였었소."

연보진은 그의 느닷없는 말에 의아한 표정을 지었고 현도성은 얼굴을 찌푸렸다.

"왜 그런 얘기를 하는 것이오?"

감후성은 차분하게 말했다.

"그 지부가 지금의 검황천문이오."

"아……."

연보진은 누가 목을 조르는 듯한 표정을 지었고, 현도성은 놀라서 반쯤 몸을 일으켰다.

감후성은 그럴 줄 알았다는 듯한 표정으로 말을 이었다.

"본애의 일개 지부였던 검황천문이 이제는 주인인 본애의 뜻을 거스르고 천하를 도모하려는 야심까지 드러내고 있으니 이를 어쩌면 좋겠소?"

현도성은 결국 자리를 박차고 일어섰다.

"닥치시오! 그런 말도 안 되는 소리를 누가 믿겠소?"

그러나 현도성은 이미 감후성의 말을 믿었다. 그렇기 때문에 화를 내고 있는 것이다.

현도성은 입에서 불길을 뿜듯이 은은한 분노를 드러냈다.

"우린 본문의 최정예들을 이끌고 왔소. 당신들을 결코 용서하지 않을 것이오."

이미 자기들끼리 그런 대화가 오갔는지 연보진과 동방호룡은 잠자코 있었다.

현도성은 녹수원 주위를 샅샅이 살펴보았으며, 호천궁과 무극애 고수들이 이 근처에는 없다는 사실을 이미 확인했었다.

호천궁과 무극애가 이끌고 온 고수들이 워낙 대규모라 남창성 밖의 먼 곳에 주둔하고 있다는 사실도 확인을 끝냈다.

그래서 그는 일이 이렇게 된 이상 이곳에 있는 사람들을 공격해서 제압하여 자신들의 뜻을 이루겠다는 생각을 했다.

진천룡은 가볍게 코웃음을 흘렸다.

"앉아라."

그의 거침없는 하대에 현도성은 어이없는 표정을 지었다.

"나더러 한 소리요?"

"그렇다."

"귀하, 망발을 삼가시오."

진천룡은 짐짓 엄숙한 표정을 지으며 그를 꾸짖었다.

"이놈아, 네 사부라고 해도 내 앞에서 함부로 떠들지 못할 것이다."

"무엄하오!"

이즈음 진천룡은 목소리를 바꾸는 변성을 풀고 본래의 목소리로 말하기 시작했다.

연보진은 그의 목소리가 많이 귀에 익었다는 생각에 적잖이 놀라는 표정으로 그를 주시했다.

진천룡은 상체를 뒤로 젖히면서 한껏 느긋하게 말했다.

"나는 영웅문을 공격하지 않는 대신에 검황천문을 공격하기로 계획을 바꾸었다."

"미친놈……!"

현도성의 눈에서 살기가 와르르 쏟아졌다.

현도성은 일어선 채 공력을 극한으로 끌어올려서 언제라도 진천룡에게 발출할 태세를 갖추고 잡아먹을 것처럼 으르렁거렸다.

"호천궁이 오천 명의 고수들을 이끌고 왔다는 사실을 알고 있다. 겨우 그 정도로 본문을 공격하겠다는 것이냐?"

그러자 감후성이 조용히 말했다.

"우리가 합공할 것이오."

"……!"

현도성과 연보진, 동방호룡은 크게 놀란 얼굴로 감후성을 쳐다보았다.

"어째서……."

현도성이 중얼거리자 감후성은 고개를 끄떡이면서 조용한 어조로 말했다.

"말을 듣지 않는 개는 때려서 버릇을 고치든가 아니면 죽이는 수밖에 없지 않겠소?"

현도성과 연보진, 동방호룡은 크게 놀라서 모두 일어나 감후성과 진천룡을 쳐다보면서 혼란해진 머리로 어떻게 이 상황을 대처할 것인지 분주하게 생각했다.

현도성은 침착하려고 애를 쓰면서 땀을 흘렸다.

"그러나 호천궁과 무극애의 팔천 고수로 본문을 어쩌지는 못할 것이오."

그것은 눈물겨운 스스로에 대한 위로 같은 것이었다.

진천룡은 나직하게 웃었다.

"하하하! 누가 호천궁과 무극애만이라고 했느냐?"

"아!"

그때 연보진은 마침내 진천룡의 목소리가 누구의 것인지 알아내고 나직한 탄성을 터뜨렸다.

연보진은 복잡한 표정으로 진천룡을 가리키며 격동에 찬 목소리로 말했다.

"당신은 진천룡이로군요……!"

진천룡은 껄껄 웃었다.

그런데 희한하게도 연보진은 그 어떤 감정보다도 반가움이 앞서는 것을 어쩌지 못했다.

"맙소사……! 설마 당신이었다니……."

그러나 현도성은 '진천룡'이라는 이름만 듣고는 그가 누군지 여전히 알지 못했다.

"사모님, 이자가 누굽니까?"

연보진은 씁쓸한 표정으로 진천룡을 보며 말했다.

"영웅문주 전광신수야."

"아……!"

현도성은 소스라치게 놀라서 눈을 커다랗게 떴다.

"하하하! 이제 알겠소? 오랜만이오, 부인."

*       *       *

현도성은 일어서서 뻣뻣하게 굳은 채 혼절할 것 같은 표정으로 진천룡을 쳐다보았다.

현도성은 매우 경악했다. 설마 눈앞에 앉아 있는 평범한 청년이 영웅문주일 줄은 꿈에도 몰랐다.

그때 부옥령이 손을 뻗어 진천룡의 얼굴로 가져가서 슬쩍 한 차례 쓰다듬었다.

스으으…….

그러자 평범한 청년의 모습이 씻은 듯이 사라지고 진천룡의 준수한 모습이 나타났다.

현도성과 동방호룡은 크게 놀라고, 연보진은 일견 반가운 표정을 지었다.

바로 그 순간 현도성의 눈 깊은 곳에서 흐릿하며 섬뜩한 빛이 번뜩였다.

진천룡이 상체를 뒤로 젖힌 느긋한 자세로 앉아 있는 것을 봤기 때문이다.

현도성은 반년 전 바로 이곳 남창 조양문에서 부옥령에게 극심한 중상을 당하여 죽을 뻔했다가 기적적으로 살아난 적이 있었다.

그 후 전력으로 무공을 연마하여 현재는 검천십이류의 일류 중에서도 상급에 속하는 절대고수가 됐다.

사실 지금의 그는 눈에 보이는 게 없을 만큼 막강한 실력자가 되었기에 만약에 눈앞의 진천룡을 급습하면 죽이거나 중상을 입힐 확률이 구 할 이상이라고 확신했다.

현도성은 진천룡을 쏘아보며 나직하게 말했다.

"네가 정말 영웅문주냐?"

그가 구태여 그런 말을 하는 것은 주의를 흐리면서 공력을 극한으로 끌어올리기 위해서다.

만약 그가 진천룡을 급습하려는 것을 연보진이 알았다면 극구 말렸을 것이다.

현도성은 진천룡이 고개를 끄떡이려고 하는 것을 보는 순간 번개같이 쌍장을 뻗었다.

쿠아앗!

번뜩이는 핏빛과 금광이 섞여 있는 광휘가 진천룡을 향해 무시무시하게 뿜어졌다.

무림칠금공 중 하나인 금혈마황의 금혈신강이다. 그는 사조인 금혈마황 철염에게 금혈신강을 배웠다.

현도성이 십 성 극한에 이른 금혈신강을 불과 일 장 반 거리에서 발출했으니 진천룡은 설사 신이라고 해도 피하지 못할 터이다.

현도성은 자신이 전력으로 금혈신강을 발출하는 순간 진천룡이 피하지 못하는 것을 보고 회심의 미소를 지었다.

진천룡의 온몸이 갈가리 찢어져서 즉사하는 모습이 눈에 선하게 보이는 듯했다.

그러나 현도성은 진천룡이 느긋한 얼굴에 한 줄기 엷은 미소를 머금고 있는 것을 발견하고 움찔했다.

'뭐야, 이놈?'

금혈신강이 자신의 얼굴을 향해 정면으로 쇄도하고 있는데도 웃고 있다니 미친놈이 아닌가.

아니면 설마 뭔가 다른 꿍꿍이가 있다는 것인가?

피웅!

그런데 핏빛과 금빛이 뒤섞인 금혈신강이 진천룡 얼굴 두 뼘 앞에서 느닷없이 위로 비스듬히 꺾어지며 굴절되어 천장을 향해 쏘아갔다.

"……!"

현도성이 놀라고 있을 때 한 줄기 반투명한 백광이 그의 가슴으로 파고들어 무지막지하게 적중되었다.

쾅!

"크악!"

현도성은 처절한 비명을 지르면서 빨랫줄처럼 뒤로 쏜살같이 날아갔다.

그는 날아가면서 똑똑히 보았다. 부옥령이 왼손을 살짝 들어 올린 것과 종초홍이 오른손 손바닥을 그를 향해 앞으로 살짝 뻗고 있는 장면이다.

그는 날아가서 모질게 벽에 부딪혔다.

퍼억!

뒤이어 현도성은 벽을 뚫고 밖으로 퉁겨 나갔다.

동방호룡은 현도성을 뒤따라 나가려고 몸을 날리려다가 흠칫 굳어버렸다.

그의 뒤쪽에 어느새 세 명의 여자 청랑, 은조, 옥소가 나란히 우뚝 서서 가로막고 있었기 때문이다.

순간적으로 동방호룡은 그녀들을 무시하고 벽의 구멍을 향해 몸을 날리려고 했다.

"그만둬라."

그때 연보진의 차분한 목소리가 들려와서 그는 멈칫하고는 몸을 돌렸다.

연보진은 예전에 진천룡의 최측근이며 여종인 청랑과 은조에게 당해본 적이 있었다. 그래서 그들의 실력이 자신보다 고강하다는 사실을 뼈저리게 알고 있었기에 아들을 말린 것이다.

아니, 굳이 그게 아니더라도 맞은편에 앉아 있는 사람이 진천룡이라는 사실을 알게 된 이상 지금 이 상황에서 그와 적대적으로 맞서는 일은 자살행위라고 판단했다.

조금 전에 연보진은 똑똑하게 보았다. 현도성이 진천룡에게 금혈신강을 발출하자 부옥령이 보일 듯 말 듯 손을 흔들어서 금혈신강을 빗나가게 하고, 동시에 종초홍이 현도성 가슴에 일장을 적중시키는 광경을 말이다.

진천룡과 그의 최측근들이 사전에 그렇게 하자고 계획을 세우지는 않았을 것이다.

대화를 하는 도중에 현도성이 급습을 할 것이라고는 아무도 몰랐을 테니까 말이다.

금혈신강을 빗나가게 하고 현도성에게 일장을 적중시킨 부옥령과 종초홍은 아무리 못해도 현도성보다 고강하다는 사실이 단적으로 드러났다.

그때 문이 열리고 영웅호위대 한 명이 축 늘어진 현도성을 안고 들어와 바닥에 내려놓았다.

"으으……."

현도성은 입과 코, 귀, 눈에서 피를 흘리며 일그러진 얼굴로 신음을 토해내고 있었다. 금방이라도 숨이 끊어질 것 같은 처참한 모습이다.

연보진과 동방호룡은 입이 열 개가 있어도 할 말이 없는 상황이다.

대화를 하는 도중에 현도성이 느닷없이 급습을 가하다가 당해 버린 상황이기 때문이다.

부옥령이 영웅호위대 고수를 가볍게 꾸짖었다.

"저놈을 왜 데리고 왔느냐? 끌고 나가라."

현도성을 진천룡이 살려주지 않고 끌고 나가면 보나 마나 죽고 말 것이다.

그래도 연보진은 진천룡에게 현도성을 살려달라는 말을 차마 하지 못했다.

영웅호위대는 즉시 현도성을 안아 들었다.

"으으… 머… 멈춰……."

현도성은 영웅호위대 팔 위에서 꿈틀대며 더듬거렸다.

그는 눈과 코, 입에서 시뻘건 피를 꾸역꾸역 흘리는 악귀 같은 모습으로 간신히 말했다.

"끄으… 너희들은… 포… 위됐… 다… 주… 죽고… 싶지… 않으면… 무릎을… 꿇는……."

"네가 이끌고 온 백 명 모두 제압됐다."

"……."

부옥령이 억양 없는 목소리로 말하자 현도성의 얼굴이 기이하게 일그러졌다.

"흐으으……."

그러더니 그는 꾸역꾸역 피만 흘리다가 혼절했다.

진천룡은 탁자에 팔꿈치를 대고 두 손을 깍지 낀 자세로 연보진을 보며 엷은 미소를 지었다.

"오랜만이오, 부인."

연보진은 지금 자신이 처한 상황 때문에 반가워할 수만은 없는 입장이다.

하지만 예전에 중상을 입어서 죽을 처지에 놓인 그녀를 진천룡이 살려주었기 때문에 솟구치는 반가운 마음을 겨우 억누르고 있는 중이다.

"네, 대협."

연보진은 보일 듯 말 듯 살짝 눈으로 미소를 지어 보였다.

진천룡은 연보진과는 달리 그녀를 만난 감흥 같은 것이 있을 리가 없다.

그에게 연보진은 그저 검황천문 태문주의 정실부인인데 심성이 착하고 예의를 아는 여자 정도일 뿐이다.

진천룡은 단도직입적으로 물었다.

"그대 능력으로 항주로 향하고 있는 검황천문과 마중천, 요천사계의 고수들을 회군시킬 수 있소?"

연보진은 씁쓸한 얼굴로 고개를 가로저었다.

"저는 못 해요."

"그럼 누가 할 수 있소?"

"태문주만이 가능한 일이에요."

"곤란하게 됐군."

곤란하게 됐다면서도 진천룡은 태연하게 말하며 턱을 쓰다듬었다.

그는 자신의 측근들을 둘러보면서 일어섰다.

"자! 다들 출발하자."

측근들이 우르르 일어서자 연보진과 동방호룡은 놀라서 엉거주춤 몸을 일으켰다.

그 순간 두 사람 뒤에 서 있던 청랑과 은조가 번개같이 그들의 혈도를 제압했다.

파파팍…….

"으음…….".

"흐윽……!"

설마 공격당할 것이라고는 예상하지 못했던 두 사람은 졸지에 마혈이 제압당하여 도로 의자에 주저앉았다.

진천룡은 연보진을 보면서 담담히 말했다.

"지금부터 우린 검황천문을 공격하러 갈 것이오."

"그… 게 무슨 소리예요?"

연보진은 화들짝 놀라서 외쳤다.

"현재 본문과 마중천, 요천사계의 연합 세력이 영웅문을 공격하기 위해서 가고 있다는 사실을 잊었나요?"

부옥령이 차갑게 코웃음을 쳤다.

"흥! 본문은 그리 쉽게 무너지지 않는다."

연보진은 제압을 당했어도 전혀 두려워하지 않고 차분하게
말했다.

"우린 영웅문을 면밀하게 조사했어요. 지금 영웅문으로 가
고 있는 세력이라면 영웅문을 충분히 괴멸시킬 수 있을 거예
요. 물론 우리 쪽도 피해가 크겠지요. 어쩌면 우리 쪽도 전멸할
지도 모르고요."

부옥령은 가볍게 고개를 끄떡였다.

"그래, 전멸하는 것은 너희 검황천문이 될 것이다. 우린 끄떡
없다."

연보진은 태연한 진천룡과 당당한 부옥령에게서 뭔가 심상
치 않음을 느끼고 의아한 표정을 지었다.

"무슨 일이죠? 어째서 우리 쪽 세력이 전멸할 것이라고 자신
하는 건가요?"

부옥령은 희고 긴 손가락을 세우면서 거리낌 없이 설명했다.

"본문의 정예고수는 거의 만여 명에 이른다. 그들이라면 너
희 연합 세력을 처부수고도 남을 것이다."

연보진은 단지 그것만으로 부옥령이 이처럼 자신만만한 것
이라고 생각하지 않았다.

"그것만이 아니겠죠?"

"척후에 의하면 너희 연합 세력은 동천목산 북서쪽에서 다가오고 있다는구나."

검황천문이 있는 강소성 남경이나 항주의 북쪽에서 남진하려면 길목을 가로막고 있는 동천목산을 넘어야만 한다. 그렇지 않으면 수백 리를 우회해야만 한다.

연보진은 부옥령이 회심의 미소를 머금는 것을 보고 불길한 생각이 들었다.

"본문의 정예고수 한 명이 너희 연합 세력 고수 대여섯 명을 상대할 수 있을 것이라고 예상한다."

"설마……."

연보진이 미심쩍은 표정을 짓자 부옥령은 가볍게 코웃음을 치며 말했다.

"흥! 이봐, 너 예전에 수천 명의 검황천문 고수들을 이끌고 본문에 쳐들어오다가 중도에서 본문 고수들에게 개박살 난 적이 있었지?"

"으음……!"

그런 적이 있었다. 그때 검황천문 고수들은 거의 전멸했었고, 연보진은 극심한 중상을 입어서 진천룡이 치료를 하여 살려주었다.

부옥령은 가소롭다는 표정으로 말을 이었다.

"본문의 정예고수들은 그때보다 세 배 정도 더 고강해졌다. 자! 이러면 조금 전에 한 내 말이 이해가 가느냐?"

"⋯⋯!"

그 당시에 싸울 때에도 영웅문은 신생 문파임에도 불구하고 영웅고수들이 검황고수들보다 훨씬 고강했었다. 굳이 따진다면 영웅고수 두 명이 검황고수 세 명을 상대할 수 있을 정도였었다.

그런데 지금은 일 년이 훨씬 지났으므로 영웅고수들이 그때에 비해서 매우 고강해졌을 것이 당연하다.

부옥령의 입가에 득의한 미소가 번졌다.

"본문의 영웅고수들이 동천목산에 매복해 있다가 산을 넘느라 기진맥진한 너희 연합 세력들을 급습하여 박살 내놓는 것이 1차 목표다."

험준한 동천목산을 넘으려면 다들 극도로 지칠 수밖에 없다. 그 상황에 급습을 당하면 그야말로 지리멸렬 대패를 당하고 말 것이다.

"동천목산 바깥쪽에 매복해 있는 영웅고수들이 도주하는 연합 세력 고수들을 일일이 찾아서 주살할 것이다."

연보진은 연합 세력 고수들이 시산혈해를 이루어 산과 들에 죽어 있는 광경이 눈에 선하게 보이는 것 같아서 부르르 몸서리를 쳤다.

"그렇지만⋯ 우리 쪽은 삼만 명이 넘어요. 영웅문의 일만 고수로는 역부족일 거예요."

연보진은 입술을 내밀며 지기 싫어하는 표정으로 말했다.

"아하하하하! 너희들이 모르는 것이 있다!"

부옥령은 약간 떨어져 있는 소정원을 손짓으로 가까이 오라고 불렀다.

"이 사람이 누군지 아느냐?"

第百九十六章

혈풍지대

천하절색의 미모를 지닌 십칠팔 세 어린 소녀가 누구인지 연보진이 알 턱이 없다.

연보진은 의아한 표정으로 부옥령을 바라보았다.

"이 소저가 누구죠?"

부옥령은 에두르지 않고 즉답했다.

"창파영주다."

"……"

연보진은 부옥령의 말을 듣긴 들었지만 이해하지 못하고 눈을 깜빡거리며 소정원을 바라보았다.

연보진은 창파영이 천하사대비역 중 하나라는 사실을 잠시 후에 깨달았으며, 그리고 조금 더 후에 눈앞에 있는 어린 천하 절색의 미녀가 창파영주라는 사실을 인지했다.

"아……."

연보진은 부옥령의 말이 사실인지 확인하기 위해서 진천룡을 쳐다보았다.

하지만 진천룡은 밖으로 나가고 있는 중이다. 눈동자를 한껏 굴렸으나 그는 그녀의 시야에서 사라져 버렸다.

그러자 소정원이 옥쟁반에 옥구슬을 굴리는 듯한 영롱한 목소리로 말했다.

"우리 창파영은 영웅문을 도와서 검황천문을 공격하게 될 것이다. 너희 더러운 협잡꾼들은 이 땅에서 영원히 사라지는 것이 좋아!"

연보진은 미간을 좁혔다.

"어째서 본문을 협잡꾼이라고 하는 건가요?"

소정원이 거침없이 하대를 하는데도 심성이 곱고 예의 바른 연보진은 개의치 않았다.

소정원은 가느다란 허리에 두 손을 얹고 꾸짖듯이 연보진에게 말했다.

"너희 검황천문은 우리에게 거짓말을 했다. 성신도의 대도주가 영웅문주 전광신수와 손을 잡고 천하제패를 계획하고 있다고 말이야."

그 말에 종초홍과 감후성이 고개를 끄떡이며 동조했다.

"검황천문은 우리에게도 찾아와서 똑같은 말을 했어요. 그래서 자기들과 연합하여 영웅문을 공격해야 한다고 감언이설로 꼬드겼어요."

"검황천문은 무극애에게도 같은 말로 현혹했었소."

종초홍은 손을 뻗어 연보진을 가리키며 냉소했다.

"바로 당신이 태공자와 같이 오지 않았나요?"

연보진은 호천궁을 설득하기 위해서 태공자 현도성과 함께 호천궁에 찾아갔었다.

종초홍이 연보진을 직시하면서 딱 부러지게 물었다.

"대답해 봐요. 정말로 성신도 대도주가 영웅문주와 손잡고 천하제패를 계획했나요?"

연보진은 흐려진 얼굴로 대답했다.

"난 모르는 일이에요. 성아가 호천궁과 무극애에서 말할 때에도 나는 아무 말도 하지 않고 가만히 있었어요."

부옥령이 따끔하게 꾸짖었다.

"악행을 행하는 것이나 그걸 보고도 말리지 않고 가만히 있는 것이나 똑같은 악행이야."

연보진은 부옥령의 말을 인정하기 때문에 아무 말도 못 하고 입을 다물었다.

소정원은 문을 나가려는 진천룡을 소리쳐 불렀다.

"주인님!"

그녀가 진천룡을 '주인님'이라고 큰 소리로 부르자 다들 소스라치게 놀랐다.

창파영주가 영웅문주의 종이라니 입에 거품을 물고 경악할 일이다.

진천룡이 나가려다가 멈춰서 뒤돌아보자 소정원이 그에게 애처로운 얼굴로 말했다.

"이것들 제가 죽이면 안 될까요?"

"누구 말이냐?"

소정원이 연보진과 동방호룡을 가리키고 있어서 누군지 뻔히 알면서도 진천룡은 모른 체하며 물었다.

소정원은 연보진과 동방호룡을 일일이 가리키면서 단호한 얼굴로 말했다.

"이것들 때문에 본영의 고수가 만구천여 명이나 억울하게 죽었으니까 갈가리 찢어 죽여서 복수하고 싶어요!"

진천룡은 빙그레 미소 지었다.

"태공자를 줄 테니까 그들은 내버려 둬라."

"주인님!"

"부인은 죄가 없다. 있다면 남편과 자식들을 사랑한다는 것이 죄겠지."

그 말에 연보진은 두 눈 가득 눈물이 고이더니 주르르 뺨을 타고 흘러내렸다.


녹수원 마당에 진천룡과 최측근들이 모여 있다.

진천룡과 잠시 헤어지게 된 소정원은 그의 옆에 꼭 붙어서 두 팔로 그의 팔을 가슴에 안고 눈물을 흘렸다.

소정원은 아들과 딸인 소가화, 소미미를 데리고 현수란과 함께 영웅문으로 돌아가야만 한다.

그곳에서 영웅문을 도와 검황천문과 마중천, 요천사계 고수들을 물리쳐야 하기 때문이다.

소정원은 영웅문이 창파영 고수를 만구천여 명이나 죽였지만 영웅문을 조금도 원망하지 않았다.

창파영 고수들을 죽인 것은 영웅문이지만 그것은 순전히 검황천문의 농간 때문이었던 것이다.

검황천문이 창파영에게 거짓말과 거짓 증거들을 늘어놓지 않았으면 창파영은 대군을 일으켜서 영웅문을 공격하지 않았을 것이고 만구천여 명의 고수들을 잃지도 않았을 것이다.

그러므로 창파영의 원수는 검황천문이고 소정원의 가슴속에서는 복수의 불길이 활활 타오르고 있다.

소가화와 소미미는 모친 소정원이 진천룡에게 하는 행동을 충분히 이해한다.

그러나 마음속으로 이해를 할 뿐이지 모친이 진천룡 팔에 매달려서 징징 울고 있는 모습을 보는 것은 마냥 어색하기만 할 뿐이다.

소정원은 자식들이 그러거나 말거나 전혀 신경 쓰지 않고 진천룡과의 이별을 아쉬워할 뿐이다.

현수란 역시 오랜만에 만난 진천룡과 헤어지는 것이 섭섭하기는 마찬가지인데 소정원이 하도 설쳐대는 바람에 그녀는 아쉬운 표정조차 짓지 못했다.

　진천룡은 어린아이처럼 투정을 부리는 소정원의 머리를 쓰다듬으며 아무도 듣지 못하게 전음을 보냈다.

　[원아, 너는 영웅문에 가는 도중에 나한테 오면 된다.]

　소정원은 반색해서 눈을 반짝거리며 그를 바라보았다.

　[어떻게요?]

　[검황천문 태문주의 부인을 놓아주면 우리가 검황천문을 공격하러 간다는 사실을 그녀가 알릴 것이다. 그러면 검황천문은 영웅문을 공격하러 가고 있는 세력을 회군시킬 거야.]

　소정원 얼굴에 기쁜 기색이 파도처럼 넘실거렸다.

　"아아……."

　[놈들이 회군하는 것을 확인하는 즉시 너는 나한테 오고 네 자식들은 수란과 함께 영웅문으로 보내라.]

　소정원은 너무 기뻐서 그의 팔을 더욱 가슴에 꼭 끌어안고 생글생글 웃었다.

　[그래서요?]

　진천룡은 그녀가 마치 아기 같아서 귀엽기 짝이 없다는 표정을 지었다.

　[네 자식들은 영웅문에 있는 창파고수들을 이끌고 검황천문으로 오는 것이다.]

소정원은 너무 기뻐서 팔짝팔짝 뛰었다.

[그럼 저희도 검황천문 공격에 합공하는 건가요?]

[그렇다.]

[와앗! 고마워요!]

소정원은 아예 팔짝 뛰어올라 두 팔로 그의 목을 감고서 대롱대롱 매달렸다.


*          *          *


연보진과 동방호룡은 파양호 서쪽 호안을 따라서 북쪽을 향해 전력으로 질주했다.

"어머니……!"

남창을 출발한 지 두 시진쯤 지나서 동방호룡이 저만치 앞서가는 연보진을 급히 불렀다.

연보진이 멈춰서 뒤돌아보자 동방호룡은 기진맥진해서 달려와 그녀 앞에 멈추었다.

"헉헉헉……! 어머니……! 본문에 전서구로 급보를 알려야 하지 않습니까?"

연보진은 정신이 하나도 없는 얼굴로 대꾸했다.

"전서구가 어디에 있느냐?"

동방호룡은 허리를 굽히고 두 손으로 무릎을 짚고는 주위를 두리번거렸다.

"가장 가까운 지부나 분타를 찾아야지요."

그는 초조한 얼굴로 말을 이었다.

"영웅문주와 호천궁, 무극애의 연합고수들이 본문으로 가고 있다는 사실을 한시바삐 알려야 합니다."

"그래야지."

동방호룡은 자신들이 서 있는 호숫가 둑길인 동시에 관도인 곳에서 서쪽을 쳐다보다가 그곳을 가리켰다.

"저기쯤에 마을이 있을 것 같아요."

"가자."

두 사람은 말이 끝나기 무섭게 관도를 벗어나 아득하게 보이는 마을로 쏘아갔다.

<br>

$$*\qquad\qquad*\qquad\qquad*$$

<br>

검황천문은 벌집을 쑤셔놓은 것처럼 발칵 뒤집혔다.

연보진과 동방호룡이 보낸 전서구 때문이다. 전서구의 서찰에는 영웅문주를 비롯한 영웅문 최측근들이 호천궁과 무극애의 호천고수, 무극고수 팔천여 명을 이끌고 검황천문으로 진격해 오고 있다는 내용이 적혀 있었다.

콰작!

검황천문 태문주 동방장천 손에서 서찰이 구겨졌다.

"무극애도 합세했다는 말이지?"

동방장천은 단상의 태사의에 앉아 있으며 단하 양쪽에는 측근들과 당주들이 늘어서 있다.

검황천문 배후에 무극애가 있다는 사실을 알고 있는 사람은 검황천문 내에서도 세 명뿐이다. 동방장천과 그의 사부인 금혈마황, 그리고 대군사(大軍師)다.

그때 대전 입구에서 급박한 발소리가 나더니 곧 사십 대 중반의 유생 차림의 사내가 총총하게 들어섰다.

"부르셨습니까?"

그는 대전을 똑바로 가로질러 거침없이 단상으로 올라서 동방장천 앞에 고개를 숙이고 시립했다.

"무슨 일입니까?"

그 검황천문의 오늘을 있게 해준 대군사, 명보운(明甫雲)이었다.

동방장천은 자신의 손안에서 구겨진 서찰을 명보운에게 내밀었다.

"읽어봐라."

부스럭……

명보운은 구겨진 서찰을 펴서 침착하게 읽기 시작했다.

동방장천은 그것을 기다리지 못하고 단하의 측근들을 보면서 위엄 있게 말했다.

"현재 본문에 남아 있는 고수가 몇 명 정도냐?"

그러나 아무도 대답을 하지 못하고 머뭇거렸다. 검황천문 정도 되는 대문파에 현재 인원이 얼마나 되는지 즉각 계산해 낼 수 있는 사람이 없기 때문이다.

그러자 서찰을 읽고 있는 명보운이 대답했다.

"일류고수는 육천 명, 이류까지 합하면 만이천 명쯤 됩니다."

동방장천은 눈살을 찌푸렸다.

"그것밖에 안 되느냐?"

그때 명보운은 서찰을 다 읽고 손으로 착착 접으면서 동방장천에게 공손히 말했다.

"서찰을 보낸 부인께서 남창을 출발하셨을 때가 지금으로부터 다섯 시진 전이었습니다. 그 당시에 호천고수와 무극고수들이 이미 출발했었다고 적으셨으므로 그들은 아무리 빨라도 지금쯤 장강에 당도했을 것입니다."

남창에서 검황천문이 있는 강소성 남경까지 거리는 팔백여 리 정도다.

그런데 호천고수와 무극고수들이 장강에 도착했다면 이미 절반쯤 왔다는 얘기다.

나머지 절반 사백여 리를 오는 데 네 시진에서 다섯 시진쯤 소요된다고 하면 내일 새벽이나 이른 아침일 것이다.

말하자면 검황천문으로서는 준비할 시간이 네 시진에서 다섯 시진밖에 없다는 뜻이다.

동방장천은 뺨을 찌푸리며 중얼거렸다.

"전광신수 놈은 언제 남창에 간 것인가?"

"지금 그게 중요한 게 아닙니다."

물론 그게 중요한 게 아니라는 건 동방장천도 알고 있는데 괜히 해본 소리다.

그의 말을 이런 식으로 나무랄 수 있는 인물은 검황천문 내에서 대군사 명보운뿐이다.

동방장천은 더욱 얼굴을 찌푸리며 말했다.

"진천룡은 머리가 어떻게 된 놈이 아닌가? 잠시 후에 영웅문이 괴멸될 판국인데 오히려 우릴 공격해?"

명보운은 침착하게 말했다.

"그건 두 가지 이유라고 볼 수 있습니다."

"뭔가?"

동방장천도 머리를 쓰면 명보운 뺨칠 정도로 뛰어나지만 워낙 머리 쓰는 것을 싫어해서 뭐든지 명보운의 두뇌를 빌리고 있는 실정이다.

명보운은 손가락을 하나씩 꼽으면서 말했다.

"첫째는 우리가 보낸 연합 세력을 영웅문이 능히 감당할 수 있다는 것이고, 둘째는 성동격서(聲東擊西)일 수 있습니다."

동방장천은 발끈했다.

"영웅문이 우리가 보낸 연합 세력을 감당한다고?"

"그럴 수 있다는 뜻입니다."

동방장천은 말도 안 된다는 표정을 지었지만, 잠시 후 감정을 가라앉혔다.

"자넨 그럴 수 있다고 보는 겐가?"

"그럴 수 있다고 봅니다."

"뭐야? 연합 세력을 보내기 전에 자넨 영웅문이 감당하지 못할 것이라고 말했었잖은가?"

명보운은 고개를 숙였다.

"제 계산으로는 그랬습니다. 하지만……."

"하지만 뭔가?"

급한 성격인 동방장천은 이 순간만큼은 자신이 명보운을 가장 신임하고 있다는 사실을 잠시 망각했다.

몰아치는 동방장천 때문에 주눅이 들 만한데도 명보운은 차분하게 말을 이었다.

"제 계산이 틀렸을 수도 있습니다만, 저는 전광신수가 성동격서를 하고 있는 것이라고 생각합니다."

동방장천은 미간을 찌푸렸다.

"진천룡이 영웅문으로 가고 있는 연합 세력을 회군시키려고 수작을 부리는 것이라는 말인가?"

"그렇습니다."

동방장천은 턱을 주억거렸다.

"그럴 수도 있겠지."

"그러니까……."

"그렇지 않을 수도 있을 테고……."

"……."

명보운은 잠시 말을 잃고 동방장천을 쳐다보았다.

동방장천은 타이르는 듯한 어조로 말했다.

"두 가지 다 해결할 수는 없겠는가?"

명보운은 동방장천을 쳐다보면서 물었다.

"영웅문이 본문의 연합 세력을 감당할 수 있다는 것과 성동격서일지 모른다는 것 두 가지 다 입니까?"

동방장천은 고개를 절레절레 가로저었다.

"아냐, 성동격서가 아니고 진짜일 거라는 가정이야."

"그것은……"

좀처럼 이런 표정을 짓는 일이 없는 명보운이 얼굴에 말도 안 된다는 표정을 설핏 떠올렸다가 급히 지우고 침착한 목소리로 말했다.

"그러니까 영웅문이 본문의 연합 세력을 감당할 수도 있으며, 또한 본문을 공격할 능력도 있다는 가정입니까?"

"그래, 언제나 최악의 상황을 준비한다. 그래야지만 최선을 지향할 수가 있지."

그러는 것이 동방장천의 지론이며 그래서 명보운은 언제나 그것에 맞춰서 전략을 수립했었다.

명보운은 열 번 백 번 생각해 봐도 영웅문에는 그럴 만한 능력이 없다.

그렇다고 해도 자신의 주장을 강변하기보다는 주군인 동방장천이 원하는 대로 해주는 편이 서로 편하다.

명보운은 고개를 숙였다.

"알겠습니다."

그는 잠시 머릿속에서 생각을 정리했다. 두 가지를 두루 만족시키는 방법이 대체 뭐라는 말인가.

지금은 얄팍한 계책 같은 것이 통하지 않는다. 그런 것은 임기응변이며 소수의 인원을 슬쩍 속여 넘길 때 필요한 것이지 지금은 아니다.

머리가 지끈지끈 아프기 시작한 명보운은 동방장천을 보며 다시 확인했다.

"항주의 영웅문을 괴멸시키고 동시에 본문을 공격하는 진천룡의 세력을 전멸시키는 방법이겠지요?"

동방장천은 어? 하는 표정을 지었다.

"그럴 수 있느냐?"

"네? 무슨 말씀이신지……."

"네가 그 두 가지를 다 해결할 수 있겠느냐?"

명보운은 그제야 동방장천이 두 가지를 다 해결하라는 게 아니라는 사실을 깨달았다.

명보운은 얼른 고개를 숙였다.

"두 가지 다 해결하는 것은 어렵습니다."

"그럴 줄 알았다."

명보운은 가벼운 모멸감을 느꼈지만 그런 기색은 얼굴에 추호도 드러나지 않았다.

"그렇다면 너는 둘 중 해결해야 할 한 가지가 뭐라고 생각하느냐?"

"본문을 지키는 것입니다."

"틀렸다."

"네?"

명보운은 조금 긴장하고 있기 때문에 평소처럼 두뇌를 십분 활용하지 못하고 있다.

"그렇게 하면 절반만 이루는 것이다."

"아……."

명보운은 퍼뜩 생각이 났다.

"진천룡이 이끌고 오는 호천고수와 무극고수들을 섬멸하는 것입니다."

동방장천은 고개를 끄떡였다.

"그렇다. 이제부터 너는 궁리해서 계획을 세워라. 한 시진 말미를 주겠다."

'한 시진이라니…….'

명보운의 얼굴이 거멓게 변했다.


명보운은 한 시진 만에 최선의 계획을 세웠다.

그것을 보고하자 동방장천은 매우 흡족하게 여기면서 즉각 실행에 옮기라고 명령했다.

검황천문 총당주와 좌호법은 최소한의 고수만 남겨둔 채 구

할 이상의 고수들을 이끌고 밖으로 출동했다.

명보운이 생각해 낸 방법은 공성지계(空城之計)다. 성을 비우고 그곳으로 적을 유인하여 배후와 좌우에서 급습, 일망타진한다는 것이다.

진천룡이 이끄는 세력이 남경으로 들어오려면 반드시 세 개의 강을 건너야만 한다.

남경성은 장강 남쪽에 위치해 있기 때문에 장강을 건널 필요가 없지만 장강으로 유입되는 여러 개의 강이 있는데 그걸 건너야 하는 것이다.

그 강들을 건너지 않으려면 강폭이 좁은 상류까지 빙 돌아야 하는데 그러면 최소한 천여 리 이상, 시간으로는 이틀 이상 더 소요해야만 한다.

명보운은 진천룡 등이 반드시 건너야 하는 세 개의 강 중에서 가운데 두 번째 강에서 섬멸하기로 계획을 세웠다.

세 번째 강은 남경에 너무 바싹 붙어 있어서 싸움이 벌어지면 검황천문이 위험할 수도 있다.

두 번째 강은 위산하(胃山下)라고 하며 황산(黃山) 북쪽 기슭에서 발원한다.

그 정도로 많은 인원이 도강하려면 큰 배가 여러 척 있어야 하는데, 그럴 수 있는 포구는 이 지역에서 오로지 동량(東梁) 한 군데뿐이다.

명보운은 다른 곳에서 거선 몇 척을 차출하여 동량포구에 가져다 놓았다.

진천룡의 세력이 동량에 도착하여 거선들을 구하려면 시간이 소요될 테니까 그것을 단축하자는 것이고, 그렇게 해서 그것이 탄로날 염려는 전혀 없다고 판단했다.

검황천문 총당주 겸포(鉗捕)는 매복을 잘하고 있는지 다시 한번 일일이 돌아보면서 확인했다.

척!

동량포구 상류 쪽에 위치한 주루의 이 층 창가에 검황천문 대군사 명보운과 좌호법 심관웅(沈關雄), 그리고 검천태제총령(劍天太弟總令)이 앉아 있는데, 총당주 겸포는 그들에게 다가가 의자에 앉았다.

"어떤가?"

물어보지 않아도 검황천문 휘하 십이 개 당의 고수들이 제대로 매복해 있다는 것을 알 텐데도 좌호법 심관웅은 겸포를 보며 그렇게 물었다.

심관웅은 지위 체계가 복잡한 검황천문 내에서 명실상부한 서열 오 위의 막강한 인물이다.

또한 사십삼 세인 겸포보다 나이도 열 살이나 연상이므로 편하게 하대를 했다.

평소에 심관웅이 적적할 때마다 자주 어울려서 술을 마시며 친분을 쌓았던 겸포는 이물 없이 고개를 끄떡였다.

"잘하고 있습니다."

심관웅은 검천태제총령 하승우(河昇宇)를 힐끗 보고는 겸표에게 물었다.

"태제들은 어떻던가?"

태문주 동방장천의 사십팔 명의 제자들을 가리키는 것이다.

일 년 반 전에 태제 두 명이 영웅문에 붙잡혔다가 그중 한 명인 여자 정향은 훈용강의 염안력에 현혹되어 몸을 주었다가 그의 부인이 됐다.

그래서 동방장천은 다시 두 명의 제자를 거두어 사십팔 명의 검천태제를 만들었다.

태제들은 일괄적으로 조직을 지니고 있는데 그것을 검천사십팔태제령이라고 한다.

태제들은 검황천문 내에서든 밖에서든 마음대로 수하를 거둘 수가 있다.

그 조직을 '태제령'이라고 했다. 이러한 각 태제령에는 적게는 백 명, 많게는 삼백 명까지 고수들이 있었고 그들을 태제령수(太弟令手)라고 하며 검황천문의 최정예로서 열두 당 위에 군림하고 있었다.

현재 동량포구 주변에는 도합 오천여 명이 매복해 있으며, 십이 개 당의 고수가 삼천, 태제령수가 이천여 명이다.

수적으로는 십이 개 당 고수들이 많지만 실력은 태제령수가 더 막강할 것이다.

명보운은 창가 쪽으로 바싹 앉아서 창밖으로 보이는 위산하 건너편에 시선을 고정시키고 있다.

시간이 흐를수록 그의 표정은 점점 더 굳어져서 지금은 대리석처럼 차갑고 납처럼 무거워졌다.

마지막 척후가 보고한 것이 두 시진 전이었다. 그는 진천룡의 세력이 남릉(南陵)을 출발했다고 말했었다.

남릉이 이곳에서 칠십여 리 남쪽에 위치해 있다. 진천룡의 세력이 전력으로 북상하고 있기 때문에 지금쯤 저기 위산하 강 건너에 모습을 드러내야 하는 것이다.

지금 시각이 신시(申時:오후 4시경)이니까 늦어도 유시(酉時:저녁 6시경)까지는 적들이 도착해야 한다.

명보운은 진천룡이 이끄는 세력이 위산하를 향해서 북상하고 있다는 사실을 잘 알고 있으면서도 왠지 엄습해 오는 불안을 떨쳐 버리지 못했다.

'왜 이런 것이지?'

지금껏 검황천문의 책사와 군사, 대군사까지 지위가 오르면서 수백 번의 계획과 책략을 세운 그였다.

그 수백 번의 계획과 책략들을 승률 팔 할이라는 경이로운 수치로 성공시켜서 오늘날의 이 자리에 이르렀다.

그렇지만 그 모든 계획과 책략들은 검황천문의 세력을 조금씩 더 넓히고 위세를 떨치는 일에 사용되었지 지금처럼 검황천문의 운명을 걸지는 않았었다.

'긴장하지 말자… 괜찮을 거야……!'

명보운은 세차게 고개를 가로저었다.

그의 얼굴이 창밖 쪽을 향하고 있어도 그의 뒤통수를 보고 있는 세 사람은 그가 극도로 긴장하고 있다는 사실을 생생하게 느끼고 있는 중이다.

명보운은 지나치게 긴장하다 보니까 머리가 먹먹해져서 진흙이 가득 차 있는 기분이다.

이런 형편없는 정신으로는 아무것도 생각해 내지 못할 것이고, 진천룡의 세력을 직접 눈으로 보면 우왕좌왕하여 대처를 못 할 터이다.

"운제."

그때 좌호법 심관웅이 조용한 목소리로 명보운을 불렀다.

두 사람은 호형호제하는 사이로 명보운은 심관웅을 편하게 잘 따르고, 심관웅은 그를 친동생처럼 아꼈다.

그런데 너무 긴장한 나머지 명보운은 심관웅의 부름을 듣지 못했다.

옆에 앉은 겸포가 명보운의 어깨에 손을 얹었다.

"운 형."

"으헛!"

그러자 명보운은 소스라치게 놀라서 외침을 터뜨리며 상체를 거의 뒤집다시피 했다.

그는 세 사람을 둘러보면서 불안하게 눈동자를 굴렸다.

"무… 슨 일이오?"

심관웅이 잔을 내밀었다.

"자네, 너무 긴장한 것 같으니까 한잔하고 마음을 좀 편하게 갖게."

"아… 닙니다, 형님."

"마시게."

심관웅은 손에 쥐고 있는 술잔을 들어 보이며 조금 강압적인 표정을 지었다.

명보운은 잠시 술잔을 바라보다가 손을 뻗어 받았다. 어쩌면 지금은 술 한 잔이 도움이 될지도 모른다는 생각이 들었다.


이제는 명보운 혼자만이 아니라 이곳에 있는 네 사람 모두 초조함을 떨치지 못했다.

진천룡의 세력을 염탐하러 간 척후가 수십 명이며, 그들은 두 시진마다 명보운에게 보고를 해야 했다.

그런데 마지막 보고자가 돌아간 지 세 시진이 지나도록 보고가 없다.

그것은 척후들에게 무슨 일이 생겼다는 것을 뜻한다. 진천룡의 세력이 척후들을 모조리 잡아 죽였을지도 모른다.

"흐으으……."

명보운의 입에서 자신도 모르게 심장이 오그라붙는 듯한 신음이 흘러나왔다.

다른 세 사람은 상황을 충분히 짐작하고 있기 때문에 어떻게 된 일인지, 그리고 누구 탓이라고 떠들지 않았다.

총당주 겸포가 벌떡 일어섰다.

"척후를 다시 보내겠습니다."

좌호법 심관웅에게 하는 소리다.

겸포는 심관웅의 하회를 기다리지도 않은 채 계단으로 빠르게 달려갔다.

지금으로서는 그 방법뿐이다. 날랜 고수들로 척후를 다시 짜서 보내는 수밖에 없다.

심관웅이 급히 상체를 돌리면서 외쳤다.

"놈들에게 가까이 접근하지 말라고 이르게!"

그러나 겸포의 모습은 보이지 않았다. 그렇더라도 심관웅의 말은 들었을 것이다.

명보운은 점차 머릿속이 얼음처럼 차디차고 명료하게 가라앉는 것을 느꼈다.

그러면서 그동안 꽉 막혀 있던 것들이 물꼬를 튼 것처럼 술술 풀리기 시작했다.

第百九十七章

벼락치기

"어쩌면……."

명보운은 속으로 생각하고 있는 것이 입 밖으로 흘러나오자 제 스스로 흠칫 놀랐다.

명보운은 세 사람이 자신을 주시하고 있는 것을 보고는 씁쓸한 표정으로 말했다.

"그들은 이곳으로 오지 않을지도 모릅니다."

세 사람은 동시에 흠칫했다.

"그들이 오지 않는다니, 그게 무슨 말인가?"

심관웅이 의아한 얼굴로 묻자 명보운은 조금 더 우울한 얼굴로 말했다.

"어쩌면……."

그는 '어쩌면'이라는 말을 또 했다.

"진천룡은 매우 영리한 자인지도 모릅니다."

겸포가 답답하다는 듯 재촉했다.

"운 형, 대체 무슨 말이오?"

명보운은 거의 확신하듯이 말했다.

"진천룡은 오지 않을 겁니다."

세 사람은 흠칫했다.

"오지 않으면?"

"그럼 그자가 어디로 간다는 말이오?"

명보운은 진천룡이 어디로 갔을지 이미 예상했다.

"진천룡은 본문의 연합 세력을 공격하러 갔을 겁니다."

"연합 세력을?"

"그게 무슨 말인가?"

명보운은 영웅문주 진천룡이 호천궁과 무극애 세력을 모아서 검황천문을 공격하러 가고 있다는 연보진의 서찰을 읽고 크게 놀랐었다.

그런데 지금에 와서 곰곰이 생각해 보니까 진천룡이 호천고수와 무극고수 팔천여 명으로 검황천문을 공격한다는 자체가 어불성설이다.

검황천문은 강남 무림의 절대자이며 전체 고수의 수가 사십오만여 명에 달한다.

물론 검황천문 자체의 고수가 아니라 복종을 맹세한 강남 무림의 수백 개 방파와 문파들의 고수들까지 포함해서다.

그렇다고 해도 검황천문 주위 삼백 리 이내의 방파와 문파들에서 고수들을 부르면 그 수가 삼만여 명에 달한다.

그러므로 검황천문 본문을 공격하겠다는 발상 자체가 말도 안 되는 얘기다.

실제로 지금 진천룡의 세력이 검황천문을 곧장 공격하면 어떤 결과가 나올지는 아무도 모른다.

하지만 바보가 아닌 이상 검황천문 본문을 공격하려는 세력은 그 어디에도 없다.

명보운은 그런 생각을 조금 전에야 떠올리고서 무릎을 치며 자신의 실책을 통탄하고 있는 것이다.

명보운은 비통한 얼굴로 말했다.

"진천룡은 성동격서를 꾀하고 있는 게 분명합니다."

겸포가 눈을 빛내며 말했다.

"본문을 공격하는 척하면서 연합 세력을 공격한다는 말이오?"

"그렇소."

겸포는 고개를 가로저었다.

"연합 세력은 삼만 명이나 되오. 진천룡이 이끄는 팔천 세력으로는 싸우자마자 박살 나고 말 것이오."

"그렇지가 않소."

"무슨 뜻이오?"

명보운은 착잡한 얼굴로 대답했다.

"영웅문에서 고수들이 출정하여 전면을 공격하고 진천룡의 세력이 후미를 공격하게 될 것이오."

"저런……."

"아아……."

세 사람은 그제야 충격을 받고 얼굴 표정이 크게 변했다.

연합 세력이 삼만여 명이라고 해도 앞뒤에서 기습을 당하면 크게 당황하다가 지리멸렬하고 말 것이다.

연합 세력에는 검천십이부를 비롯하여 검황천문 전체 세력의 칠 할이 속해 있다.

그러므로 연합 세력이 괴멸하면 검황천문은 나머지 삼 할의 세력으로 버텨야만 한다.

그러나 연합 세력을 괴멸시킨 영웅문이 그 기세를 이어서 검황천문까지 공격한다면 더 이상 버티지 못하고 붕괴할지도 모르는 일이다.

"그럼 이제 어떻게 하면 되오?"

검천태제총령 하승우가 조급한 얼굴로 물었다.

명보운은 고개를 가로저었다.

"나도 모르겠소."

네 명은 무겁게 가라앉은 분위기로 한동안 침묵을 지켰다.

열 호흡이 지나서야 겸포가 겨우 말했다.

"척후를 기다려 봅시다."

아까 겸포는 이십 명의 고수를 일개 조로 짜서 척후로 보내고 돌아왔다.

지금으로선 그것 말고는 달리 방법이 없다.

심관웅은 깊은 물속 바닥에 가라앉은 돌덩이 같은 표정으로 입을 열었다.

"자네 말이 맞는다면 좋은 방법이 없겠나?"

명보운은 기다렸다는 듯 즉시 대답했다.

"연합 세력을 즉시 회군시켜야 합니다."

"회군?"

심관웅과 겸포, 하승우 얼굴에 희색이 떠올랐다.

"연합 세력을 강소성 북쪽으로 크게 우회시켜서 회군시킨다면 진천룡과 영웅문을 따돌릴 수 있을 겁니다."

심관웅이 조급하게 물었다.

"따돌리고 나면, 본문으로 복귀시키나?"

"아닙니다. 진천룡의 뒤통수를 쳐야죠."

명보운의 말에 세 사람의 눈이 번쩍 떠졌다.

"기발하오!"

"멋지군!"

심관웅은 찌푸렸던 얼굴을 펴고 흡족한 웃음을 지었다.

"그러면 일거에 전세가 역전되겠군."

그때 겸포가 조금 전에 했던 말을 반복했다.

"척후를 기다려 봅시다."

그의 말에 다들 침묵으로 동의했다. 연합 세력이 회군을 하든가 진천룡의 뒤통수를 치더라도 척후가 돌아와서 진천룡이 무엇을 어떻게 하고 있는지를 보고해야만 한다.


"크억!"

"와악!"

이십 명이 죽는 데 걸린 시간은 불과 세 호흡이었다.

위융이 오른손에 쥐고 있는 검을 가볍게 떨치자 검에 흠뻑 묻은 피가 허공으로 날아가고 검은 깨끗해졌다.

위융은 자신의 수하인 다섯 명의 영웅호위대 고수와 함께 방금 검황천문 고수 이십 명을 죽였다.

땅바닥에 피를 뿌리며 죽어 있는 이십 명은 한 시진 전에 겸포가 보낸 척후들이다.

동량포구에서 겸포를 비롯한 네 명이 눈 빠지게 기다리고 있지만, 척후는 두 번 다시 돌아가지 못하게 됐다.

영웅호위대 고수는 다섯 명이고 척후는 이십 명이지만 애초에 싸움이 되지 않았다.

위융은 과거에 자신의 동료들이었던 검황천문 척후 이십 구의 시체들을 천천히 둘러보았다.

이 년여 전에 위융은 검황천문 탈혼부 제팔분부주라는 신분이었다.

그 당시에 위융이 진천룡을 만나서 우여곡절 끝에 그의 제자가 되지 못했더라면 그는 지금쯤 죽었을지 모르고, 살아 있다고 해도 죽은 것보다 못한 삶을 살아가고 있을 터이다.

위융이 진천룡의 수하가 됨으로써 그의 가족들이 몽땅 영웅문 내의 영웅사문으로 옮겨 와서 지금껏 남부럽지 않은 행복한 생활을 하고 있다.

"치워라."

척!

위융은 검을 어깨의 검집에 꽂으면서 수하들에게 명령했다.

그의 검은 진천룡이 검황천문 태문주인 동방장천에게서 뺏은 동명검이다.

천하오대명검 중 하나인 동명검을 진천룡은 한 치의 망설임도 없이 위융에게 주었던 것이다.

위융은 수하들과 함께 이십 구의 시체들을 은밀하게 감추고 나서 주위의 숲속으로 숨어들었다.

그는 이 임무를 마지막으로 진천룡이 이끄는 본진에 합류하라는 명령을 받았었다.


동량포구에서 네 사람이 눈 빠지게 척후를 기다리고 있는 동안 진천룡의 세력은 장강을 건넜다.

대군사 명보운을 비롯한 네 사람은 진천룡이 동량포구 앞의 위산하를 건널 것이라면서 기다리고 있는데, 진천룡은 장강을 건넌 것이다.

진천룡은 강서성에서 안휘성으로 진입하자마자 곧장 장강을 건넜다.

그 위치는 동릉현(銅陵縣)이며 남경하고는 삼백여 리나 떨어져 있어서 검황천문의 촉각에 걸리지 않았다.

또한 진천룡은 세력을 최소한으로 나누어서 강을 건너게 하였기에 시간이 걸렸지만 그다지 큰 의심을 사진 않았다.

남경성은 장강 이남에 붙어 있어서 검황천문을 공격하려면 또다시 장강을 건너야 하지만 남경에는 거선들이 많으므로 도강하는 일은 조금도 어렵지 않다.


마지막 척후를 보낸 지 세 시진이 지났을 때 동량포구 주루 이 층에 있는 네 사람은 초조함이 극에 달했다.

심관웅은 얼굴을 잔뜩 찌푸리며 겸포에게 물었다.

"척후는 어찌 된 건가?"

"글쎄요……."

"어째서 세 시진이 지나도록 척후가 오지 않는 건가?"

겸포 대신 명보운이 심각한 얼굴로 말했다.

"척후가 모두 죽은 것 같습니다."

모두들 그렇게 짐작하고 있지만 아니기를 바라면서 입을 다물고 있었다.

척후가 돌아오지 않고 있으면 이유는 단 하나뿐 전멸했기 때문일 것이다.

겸포가 변명하듯 입속으로 웅얼거렸다.

"접근하지 말고 먼발치에서 지켜보라고 했건만……."

"적이 길목을 지키고 있었을 것이오."

"길목을 말이오?"

명보운의 말에 겸포가 의아한 표정을 지었다.

명보운의 눈이 좁아졌다.

"적이 미리 길목을 지키고 있다가 우리 쪽 척후를 모두 죽이는 이유는 자신들의 행적이 드러나지 않게 하려는 것이 분명하오."

듣고 있는 세 사람은 약속이나 한 것처럼 고개를 끄떡였고, 명보운은 말을 이었다.

"진천룡은 남쪽의 산을 넘어서 우리 연합 세력을 치러 간 것이 분명하오."

"으음……."

세 사람은 무거운 신음을 흘릴 뿐 뭐라고 해야 할지 할 말을 잃었다.


장강을 사이에 두고 남경과 마주 보고 있는 곳은 강포현이다.

이곳의 장강은 흡사 바다처럼 드넓어서 강폭이 자그마치 사백여 장에 달했다.

진천룡을 비롯한 전체 세력이 강포현 외곽에 도착한 것은 술시(戌時:밤 8시경) 무렵이었다.

　전체를 진두지휘하고 있는 부옥령은 전 세력 팔천여 명을 강포현 북쪽 외곽 야산에 은둔시키고 식사를 하면서 휴식을 취하도록 했다.

　그리고 몇 명에게 두둑이 돈을 주어 강포현의 모든 거선들을 빌리라고 일렀다.

　밤에는 배가 뜨지 않는 것이 원칙이다.

　그러므로 내일 새벽 여명이 트는 것과 동시에 진천룡의 세력은 수십 척의 거선에 나누어 타고 사백여 장의 장강을 건너 남경으로 향할 것이다.


　강포현 포구에서 가장 규모가 큰 주루 이 층에 진천룡을 비롯한 측근들이 들어갔다.

　오래지 않아서 여러 종류 요리와 술이 나오자 여기까지 오는 동안 허기졌던 일행은 허겁지겁 술과 요리를 먹고 마셨다.

　이 층의 탁자 여러 개를 붙여서 여러 명이 둘러앉을 수 있도록 한 자리에서는 한동안 먹고 마시는 소리 외에는 아무 소리도 들리지 않았다.

　남창을 출발하여 여기까지 오는 동안 강행군을 하면서 음식다운 음식을 한 끼도 먹어보지 못했었다.

　그것은 진천룡이라고 다르지 않았다. 촌각을 지체할 수 없는 상황이고, 수하들 모두가 고생하고 있는데 진천룡과 측근들만 편하고 배부를 수 없었다.

종초홍은 입술에 묻은 요리 찌꺼기를 혀로 핥아서 입으로 날름 받아먹고 우물우물 씹으면서 불분명한 발음으로 종알거렸다.

"내일의 싸움이 정말 기대돼요."

진천룡의 좌우에 종초홍과 소정원이 찰싹 달라붙어서 앉아 있는 모습이다.

호천궁의 호천고수 오천과 창파영의 창파고수 칠천이 동원되었기에 부옥령이 크게 인심을 써서 그녀들을 진천룡 좌우에 앉도록 배려한 것이다.

종초홍은 혀를 날름거려 입술을 핥으면서 귀여운 모습으로 진천룡에게 물었다.

"주인님께서도 싸울 건가요?"

진천룡은 빙그레 미소 지었다.

"당연하지."

종초홍은 먹다 말고 두 팔로 진천룡의 팔을 가슴에 꼭 끌어안았다.

"저는 주인님 곁에서 안 떨어질 거예요."

소정원도 얼른 진천룡의 팔을 가슴에 안았다.

"저도요."

사람들은 소정원의 실제 나이를 모르고 있다. 그녀가 처음 현수란에게 안겨서 남창에 왔을 때는 얼굴을 비롯하여 온몸이 피투성이였으므로 모습을 식별할 수 없었다.

그 후에는 진천룡이 그녀의 임독양맥을 소통시켜서 화경의 경지에 이르게 하여 반로환동을 시켰으므로 다들 그녀를 직접 본 것은 십칠 세 나이였을 때가 전부였다.

그때 거선을 구하는 일을 총지휘하러 나갔던 훈용강이 들어와 진천룡에게 인사했다.

"주군, 다녀왔습니다."

*          *          *

· 진천룡은 미소로 훈용강을 맞이했다.

"앉아서 식사하게."

진천룡은 훈용강에게 거선 구하는 일이 어떻게 됐느냐고 먼저 묻지 않고 밥부터 먹으라고 챙겼다.

그런데도 훈용강은 진천룡 뒤쪽으로 와서 공손한 자세를 취하며 보고했다.

"근처 십여 리 이내에서 거선 삼십 척을 구했으며 내일 묘시(卯時:아침 6시경)에 출발하니까 모두 포구에 집결하라고 일러두었습니다."

"잘했네. 여기 앉게."

진천룡이 자신의 왼쪽 자리를 내주려고 하자 거기에 앉아 있는 소정원이 펄쩍 뛰며 그에게 매달렸다.

"여긴 안 돼요!"

"저기에 앉겠습니다."

훈용강은 미소 지으며 빈자리로 갔다.

부옥령이 진천룡에게 공손히 물었다.

"하실 말씀 있으신가요?"

"없어."

부옥령은 엄숙한 표정으로 천천히 좌중을 둘러보고 나서 입을 열었다.

"다들 작전을 완벽하게 숙지했겠지?"

중인들은 대답 대신 고개를 끄떡였다.

지금 이곳에는 진천룡의 최측근만이 아니라 호천궁과 무극 애를 이끌고 있는 지휘자도 여섯 명 포함되었다. 그들이 작전 에 대해서 자세히 알아야 하기 때문이다.

이곳에 있는 사람들 중에서 검황천문에 가본 적이 있는 사 람은 부옥령 한 사람뿐이다.

유달리 총명한 두뇌를 지닌 부옥령이지만 검황천문 내부가 워 낙 넓은 데다, 태문주 동방장천의 정식 초대를 받은 그녀가 가본 곳이 한정적이었기 때문에 작전을 구체적으로 짤 수는 없었다.

그렇지만 부옥령은 자신이 기억하고 있는 한도 내에서 철두 철미하게 작전을 짰다.

당연한 일이지만 작전이라는 것은 가능하면 철저할수록 좋 다.

부옥령이 달리 할 말이 없자 진천룡이 술잔을 들어 올리며 조용히 말했다.

"모두 한잔하자."

다들 서둘러서 잔에 술을 채우고 들어 올렸다.

진천룡은 정감 있는 눈빛으로 중인들을 한 사람씩 일일이 둘러보고 나서 말했다.

"죽지 마라."

그 한마디가 뜨거운 불화살처럼 모두의 심장에 쿡쿡! 쑤셔 박혔다.


새벽 인시(寅時:새벽 4시경)가 지날 무렵 강포 포구에 기척도 없이 수많은 그림자들이 꾸역꾸역 모여들었다.

포구에 미리 나와 있던 지휘자들이 모여드는 그림자들에게 전음과 손짓으로 그들이 타야 할 거선들을 지목했고, 그림자들은 일사불란하게 움직였다.

오래지 않아서 거선들이 한 척씩 미끄러지듯이 포구를 느릿하게 빠져나갔다.

반시진 후에는 삼십여 척의 거선들이 포구에서 나와 드넓은 장강을 건너기 시작했다.

그때 장강의 하류인 동해 쪽이 부윰하게 조금씩 여명이 터오기 시작했다.

동량 포구 주루에서 상황을 지켜보고 있는 대군사 명보운을 비롯한 네 사람은 밤새 한숨도 자지 못하고 뜬눈으로 하얗게 지새웠다.

뿐만 아니라 그들은 초조함이 극에 달해 물 한 모금 마시지 못하고 주루 내를 서성거리거나 주루 밖으로 나와서 주변을 어슬렁거렸다.

돌아오지 않는 척후 때문에 또다시 보낸 척후가 돌아와서 진천룡의 세력에 모습이 보이지 않는다는 보고를 하고는 더 멀리 가서 그들을 찾아보겠다고 했다.

그러고는 다시 척후가 돌아와서 모습을 여전히 발견하지 못했다고 보고했다.

이유는 두 가지일 것이다. 진천룡의 세력이 오고 있는 속도가 늦는 것일 수도 있고, 아니면 일찌감치 다른 방향으로 갔을 수도 있다.

그들이 오고 있다면 기다려야 하고, 다른 곳으로 갔다면 철수해야 하는데 지금으로선 그걸 모르니까 답답하기 짝이 없는 노릇이다.

동량 포구에서 남경까지는 백오십여 리다. 검황천문으로 돌아가서 재정비를 할 정도로 가까운 거리가 아니다.

네 사람으로서는 어쨌거나 이곳에서 어떻게 할 것인지를 결정해야만 한다.

물론 태문주의 명령이 있거나 검황천문에 무슨 일이 발생한다면 밤이든 낮이든 가리지 않고 전서구가 날아올 것이다.

그런데 지금까지 아무런 연락이 없는 것으로 봐서 검황천문에는 별일이 없으며 태문주도 예의 이곳 동량 포구의 결과를 기다리고 있는 것이 분명하다.

네 사람은 잠을 못 잔 데다 이런저런 생각으로 까칠해진 얼굴로 원래의 이 층 창가 자리에 앉아 있다.

서로 할 말도 없어서 물끄러미 창밖을 보고 있었고 겸천태제총령 하승우는 아예 꾸벅꾸벅 졸고 있었다.

탁탁탁탁탁!

그때 누군가 이 층으로 향한 계단을 급박하게 오르는 발소리가 요란하게 들렸다.

검황천문이 주루 전체를 빌렸기 때문에 이 층으로 올라올 수 있는 사람이라면 검황천문 휘하의 고수뿐이다.

이 층에 누가 있다는 사실을 뻔히 알면서도 이처럼 요란하게 달려 올라오는 것이라면 이유는 하나.

무슨 일인지는 모르지만 큰일이 터졌다는 것이다.

명보운과 심관웅, 겸포 세 사람은 퉁기듯이 벌떡 일어섰고, 졸던 하승우는 잠이 깨서 놀라 두리번거렸다.

"뭐… 뭐야?"

이 층으로 달려 올라온 사람은 겸포의 직속 심복인데 손에는 하나의 반 뼘 길이 서통(書筒)을 쥐고 있다.

심복의 손에 쥐어져 있는 서통에 시선이 꽂힌 네 사람의 안

색이 급변했다.

서통은 붉은색이며 검황천문이 급변을 당하고 있을 때만 사용하는 것이다. 다시 말하면 현재 검황천문에 급변이 발생했다는 뜻이다.

수하는 고꾸라질 듯이 달려와서 서통을 겸포에게 내밀었다.

"총당주!"

검황천문의 최정에는 검천십이부와 검천사십팔태제령, 그리고 검천십오당이다.

검천십이부를 총괄하는 총부주는 연합 세력을 총지휘하여 항주로 떠났다.

검천십오당은 검황천문 자체의 방어나 경비를 맡고 있으며 겸포가 총당주를 맡고 있다.

극도로 긴장한 겸포는 침을 꿀꺽 삼키고 손을 내미는데 손이 덜덜 떨리고 있다.

그는 붉은 서통을 받아 안에서 돌돌 말린 서찰을 꺼내서 펼치려다가 흠칫하며 심관웅을 보았다.

이곳에서는 좌호법 심관웅이 최고 지위이기 때문에 당연히 서찰은 그가 먼저 읽어야 한다.

겸포가 서찰을 내밀자 심관웅은 괜찮다고 손을 내젓다가 생각을 바꾸고 서찰을 펼쳤다.

심관웅은 서찰을 읽고 세 사람은 그의 얼굴을 초조한 표정으로 지켜보았다.

그런데 서찰을 읽는 심관웅의 두 눈이 커지더니 곧 얼굴 가득 대경실색이 떠올랐다.

지켜보고 있는 세 사람은 심장이 콩알처럼 오그라들었다.

필시 급변이 터진 게 분명한데 무슨 일인지는 짐작조차 할 수가 없다.

이윽고 서찰을 다 읽은 심관웅이 서찰을 떨어뜨리며 크게 휘청거렸다.

평소 굴강한 성품인 그가 휘청거린다면 엄청난 일이 터졌음이 분명하다.

"형님! 괜찮으십니까?"

놀란 겸포가 사석에서의 호칭을 부르면서 급히 심관웅을 부축했다.

그러나 서찰 때문에 정신이 하나도 없는 심관웅은 그대로 털썩 의자에 주저앉았다.

그사이에 명보운이 바닥에 떨어진 서찰을 주워 읽었다.

그러자 다시 겸포와 하승우의 시선이 이끌리듯이 명보운에게, 아니, 서찰로 향했다.

"맙소사……."

서찰을 다 읽은 명보운 역시 망연자실한 얼굴로 손에서 서찰을 떨어뜨렸다. 서찰을 읽은 심관웅과 명보운이 똑같은 반응을 보였다.

겸포는 그들에게 묻는 것보다 서찰을 직접 읽는 것이 빠르다는 생각에 흘러내리는 서찰을 낚아채서 급히 읽었다.

하승우도 참지 못하고 겸포 어깨 너머로 같이 읽었다.

"이런……"

서찰을 읽으면서 겸포와 하승우가 혼비백산한 얼굴이 될 때 심관웅이 벌떡 일어나 계단으로 쏘아갔다.

"서둘러라! 모두 본문으로 돌아간다!"

긴급으로 보내온 서찰에는 진천룡이 이끄는 세력이 검황천문을 급습해서 평지풍파를 일으키고 있다는 내용이 간략하게 적혀 있었다.

진천룡이 이끄는 세력은 정확하게 을시(乙時:아침 7시경)에 검황천문을 급습했다.

진천룡과 최측근들은 태문주와 그의 가족, 측근들이 거주하는 이른바 검황벽(劍皇壁)으로 들이닥쳤다.

검황벽은 소위 검황족(劍皇族)이라고 일컫는 태문주 동방장천 일족과 검천파(劍天派)라고 불리는 최측근들이 모여서 거주하는 이십여 채의 전각군을 가리킨다.

검황벽은 말 그대로 높은 벽이 둥글게 둘러쳐 있으며 둘레가 사백여 장에 이르는 드넓은 공간이다.

검황벽 내에는 이십여 채의 전각만 있는 것이 아니라 인공으로 만든 여러 개의 연못과 폭포, 가산(假山), 계류 등이 근사하게 어우러져 있어서 흡사 무릉도원을 방불케 했다.

검황벽은 검황천문 전체 면적의 일 할을 차지하고 있으나 그곳에 살고 있는 이백오십여 명이 검황천문의 전권을 움켜쥐고 있다.

진천룡과 부옥령, 그리고 화경에 이른 사람들인 종초홍, 소정원, 취봉삼비 화운빙, 소가연, 한하려, 훈용강, 청랑, 은조, 그리고 옥소가 이끄는 오십여 명의 영웅호위대 호위고수들은 검황벽 내를 쑥밭으로 만들고 있다.

진천룡 등은 최초에 검황벽에 진입하여 이 각 만에 오십여 명의 고수들을 주살했다.

공격을 감행하기 전에 진천룡이 모두에게 당부한 일이 있는데 그것은 전각에 불을 지르지 말라는 것과 부녀자와 아이들을 건드리지 말라는 것이었다.

검황벽은 마치 달걀 같은 구조다. 태문주와 직계가족이 노른자처럼 한가운데에 거주하고, 제일 가까운 최측근이 그다음에 살고 있으며, 조금 멀어질수록 조금 덜 가까운 측근들인 것이다.

진천룡과 부옥령, 종초홍, 소정원, 청랑, 은조, 취봉삼비가 검황벽의 한복판으로 날아가고 있을 때 훈용강과 옥소를 비롯한 영웅호위대는 가장자리부터 전각을 뒤지면서 측근이라고 짐작되는 자들을 찾아내 가차 없이 주살했다.

검황벽 한가운데에는 둘레 백여 장 정도의 또 하나의 담이 쳐져 있는데 그곳이 검황천각(劍皇天閣)으로 태문주 동방장천 일족이 사는 곳이다.

검황천각에는 십여 채의 크고 작은 전각들이 여기저기 알맞게 자리를 잡고 있는데, 가장 큰 전각 앞마당에 여러 사람들이 모여 있다.

포위망 안쪽에 있는 사람들은 동방장천을 위시한 직계 가족들이었다.

그리고 포위망을 구축하고 있는 사람들은 진천룡을 비롯한 세력들이다.

진천룡은 열 걸음 앞에 마주 보고 서 있는 동방장천을 한눈에 알아보았다.

그 정도 어마어마한 기도를 뿜어내는 인물은 동방장천 말고는 없기 때문이다.

동방장천 역시 진천룡을 주시하고 있는데, 진천룡에게서 굉장한 기도가 뿜어져서 그런 것이 아니라 젊은 남자는 그 혼자이기 때문이었다.

진천룡은 동방장천을 향해 두 팔을 내밀어 포권을 취하며 정중하게 말했다.

"당신이 검황천문 태문주로군요."

동방장천은 속에서 천불이 나는 것을 억누르면서 나직하지만 우렁우렁한 목소리로 말했다.

"네가 영웅문주 진천룡이냐?"

그의 물음에 진천룡은 대답하지 않았다.

그 대신 동방장천은 진천룡 좌우에 있는 새파란 소녀들이

묘한 미소를 짓고 있는 것을 발견했다.

'네가 영웅문주 진천룡이냐?'라고 물었는데 다들 배시시 미소를 짓다니 무슨 일인지 모를 일이다.

진천룡은 포권을 풀고 팔을 내리며 빙그레 미소를 지었다.

"그래, 내가 진천룡이다. 그런데 너는 내 물음에 대답하지 않았다. 네가 동방장천이라는 놈이냐?"

"뭐어……."

동방장천은 놀라다 못해 어이가 없어서 입을 벌린 채 진천룡을 쳐다보았다.

그 모습을 보고 진천룡 측근들이 일제히 웃음을 터뜨렸다.

"깔깔깔깔깔—!"

"아하하하하!"

"푸하하하핫!"

第百九十八章

동방장천

　동방장천과 일족들은 어이가 없으면서도 몹시 불쾌한 표정
을 지었다.

　동방장천은 적일지라도 자신은 검황천문의 태문주인데 진천
룡이 너무 무례하게 군 것이 심히 못마땅했다.

　동방장천 오른쪽에 서 있는 삼십 대 중반의 화려한 옷차림
사내가 진천룡을 가리키며 엄히 꾸짖었다.

　"너는 존장을 대하는 예의가 형편없구나!"

　그 순간 소정원이 번개같이 오른손을 뻗었다가 거두었다.

　짜악!

　"허윽!"

다음 순간 방금 말했던 사내가 호되게 뺨을 얻어맞고 뒤로
붕 날아갔다.

"아앗!"

"여보!"

뒤에 서 있던 가족들은 사내가 자신들에게 날아오자 비명
을 지르며 그를 붙잡았다.

사내는 창졸간에 얼마나 호되게 뺨을 맞았는지 정신이 하나
도 없다.

그러나 내공이 실리지 않은 덕분에 뺨이 발갛게 퉁퉁 부었
을 뿐이지 별다른 이상은 없다.

설사 그렇다고 해도 손을 쓴 사람이 마음만 먹는다면 언제
라도 사내를 죽일 수 있다는 뜻이므로 간담이 서늘하지 않을
수가 없다.

이곳에 있는 사람들은 최소한 특급 일류고수 수준 이상이기
때문에 방금 누가 손을 썼으며, 그의 실력이 어느 정도일 것이
라고 충분히 짐작할 수가 있다.

방금 뺨을 맞은 사내는 동방장천의 장남인 동방무건으로 선
문주의 지위다.

그때 소정원이 냉랭한 목소리로 동방무건을 꾸짖었다.

"네놈의 아비가 일문지존이면 여기에 계신 이분께서도 일문
지존이시다!"

소정원의 목소리는 나직하지만 쩌렁쩌렁하게 울려 퍼졌다.

"영웅문을 비롯하여 항주와 절강성, 복건성, 강서성의 이루 헤아릴 수 없이 많은 사람들의 존경을 한 몸에 받고 있는 분께 네놈이 감히 함부로 혓바닥을 놀리는 것이냐?"

촌철살인이란 바로 이런 것을 두고 하는 말이다. 또한 소정원의 말은 한마디도 틀리지 않아서 이들의 귀에 쏙쏙 들어왔다.

동방무건은 벌겋게 부은 뺨을 쓰다듬으면서 소정원을 보며 물었다.

"도대체 낭자는 누구시오?"

소정원은 가슴에 한껏 힘을 주어 내밀면서 당당하게 말했다.

"나는 창파영주다."

동방장천 등은 아내인 연보진의 서찰을 받았으므로 창파영주가 진천룡의 측근이 됐다는 사실을 알고 있다.

그런데 이제 겨우 십칠 세 정도로 보이는 어린 소녀가 창파영주라니, 언뜻 이해가 되지 않았다.

그러는 동안에도 검황벽 바깥 먼 곳에서 처절한 비명이 끊이지 않고 계속 들렸다.

동방장천을 비롯한 검황일족은 진천룡의 세력이 검황천문 고수들을 죽이고 있는 것이라고 짐작했다.

동방장천은 진천룡에게 시선을 고정시킨 채 눈도 깜짝이지 않고 쏘아보았다.

반면에 진천룡은 태연하게 뒷짐을 지고 말했다.

"이봐, 동방장천, 일전에 나하고 싸운 적도 있는데 알아보지 못하겠느냐?"

동방장천은 쓴웃음을 지었다.

"조금 전에는 내가 실언을 했으니까 듣기 거북한 말투는 고치는 게 어떤가?"

진천룡은 선선히 고개를 끄떡였다.

"알았소."

동방장천은 전세가 기울었음을 직감했다. 지금 싸움을 벌이면 가족이 모두 죽게 될 것이다.

바보 천치가 아닌 이상 그건 불을 보듯이 뻔한 일이므로 감정대로 행동할 수는 없다.

이제 와서 어쩌다가 이렇게 된 것인지 아무리 후회와 자책을 해도 소용이 없다.

동량포구에 나가 있는 검황천문 세력에게 급히 돌아오라고 전서구를 보냈지만 아마 그들이 도착하기 전에 이곳의 상황이 끝날 것이다.

동방장천은 담담한 표정으로 말문을 열었다.

"우리 얘기 좀 하겠나?"

진천룡은 선선히 고개를 끄떡였다.

"그럽시다."

동방장천은 그답지 않게 얕은 꼼수를 부리고 있다. 어떻게 해서라도 시간을 끌면 동량포구에 나가 있는 고수들이 돌아올 것이기 때문이다.

거기에는 검황천문 최고의 정예인 검황천지대(劍皇天地隊)가 있으며 진천룡과 부옥령을 비롯한 최측근을 상대하라고 보냈다.

원래 검황천문에는 검황천지대라는 조직이 없었다. 지난번에 동방장천과 금혈마황, 요천여황 등이 진천룡 등과 싸워서 대패한 이후에 만들었다.

검황천문 내에서 최고의 자질을 지닌 고수 백 명을 엄선해서 공력 증진에 좋다는 영약과 영물을 돈 아끼지 않고 무더기로 구입해서 먹였다.

또한 동방장천이 자신의 절학을 아낌없이 가르치고 한 명씩 일일이 붙잡고 지도해서 습득률이 최소 팔 성에 이르도록 만들었다.

검황천지대가 결성된 지 일 년이 지났다. 일 년이란 짧다면 짧고 길다면 긴 세월이다.

그사이에 믿어지지 않게도 검황천지대 각자의 평균 실력은 세 배 이상 고강해졌다.

온갖 영약과 영물들을 복용시킨 효과가 육 할이고, 동방장천이 절학을 전수한 것이 사 할의 효과를 거두었다고 말할 수 있다.

동방장천은 자신이 철저하게 준비한 검황천지대만 도착하면 지금의 전세가 완전히 뒤바뀔 것이라고 확신했다.

지난번에 남창 조양문에서 진천룡을 비롯한 그의 측근들과 싸워봐서 그들의 실력은 잘 알고 있다.

검황천지대만 오면 진천룡 일행을 깨끗이 때려잡을 수가 있으며, 나머지 호천궁과 무극애의 고수들은 걱정할 것 없다.

동방장천은 자신이 일대일로 싸움을 하면 진천룡에게는 너끈하게 완승할 수 있으며, 부옥령하고는 팽팽할 것이라고 예상했다.

동방장천은 진천룡이 대화를 한다니까 잘됐다는 생각이 들어 저절로 미소가 지어졌다.

어쨌든 간에 그를 몇 시진만 붙잡아두고 검황천지대만 도착하면 만사 해결될 것이기 때문이다.

동방장천은 말 나온 김에 일사천리로 진행하려고 몸을 약간 틀면서 뒤쪽의 전각을 가리켰다.

"그럼 들어가세."

진천룡은 고개를 끄떡였다.

"그 전에 할 일이 있소."

동방장천은 정말 궁금한 표정을 지었다.

"무슨 일인가?"

진천룡은 대수롭지 않은 말을 할 것처럼 매우 편안한 표정으로 말했다.

"당신이 내게 굴복을 하는 것이오."

"뭐… 라?"

동방장천은 얼굴 가득 어이없는 표정을 지었다가 자신이 진천룡에게 농락당했다는 사실을 깨달았다.

"네 이놈……!"

진천룡은 개의치 않고 계속 말했다.

"아니면 오늘 검황천문은 모두 죽을 것이오."

"으음……!"

진천룡은 동방장천과 그 뒤쪽에 늘어서 있는 일족들을 가리키며 말했다.

"당신을 비롯하여 당신 가족 모두 깡그리 죽일 것이오."

동방장천은 무의식중에 가족들을 힐끗 돌아보았다.

그리고 가족들의 얼굴에는 두려움과 공포가 가득 떠올랐다.

진천룡은 여전히 아무렇지도 않게 태연한 얼굴로 말했다.

"그러나 굴복하면 살려주겠소."

동방장천의 얼굴이 여러 차례 변했다. 분노였다가 갈등, 그리고는 마지막으로 고뇌에 찬 얼굴이 되었다.

이것은 분노로 해결될 일이 아니다. 분노가 극에 달한다고 해도 아무것도 해결할 수가 없다.

벽 너머에서는 여전히 처절한 비명이 끊어지지 않고 계속 터져 나오고 있다.

동량포구에 나가 있는 고수들만 돌아오면 문제는 깨끗이 해결되는데 그사이를 견디지 못해서 진천룡에게 굴복을 해야 한다는 생각을 하니까 미쳐 버릴 것만 같았다.

그렇다고 얕은수는 통하지 않고, 버티다가는 동방장천 자신을 비롯한 가족 모두가 몰살당하고 말 것이다.

그때 진천룡이 손을 뻗었다.

"열을 세겠소."

동방장천 뒤쪽에서 누군가 외쳤다.

"너무하는 것 아닌가요?"

삼십 대 초반의 여자인데 동방장천의 며느리인 것 같았다.

진천룡은 상관하지 않고 손가락을 꼽았다.

"하나!"

동방장천의 얼굴이 움찔했다. 그리고 가족들의 얼굴에 초조함과 비장함이 떠올랐다.

동방장천의 장남인 동방무건은 뺨이 퉁퉁 부은 채 얼굴에 은은하게 두려움이 깔려서 입을 꾹 다물고 있다.

방금 말한 사람은 동방무건의 부인이며 동방장천의 맏며느리인데 대문파의 딸로서 실력은 특급 일류고수 수준이다.

"둘!"

진천룡은 두 번째 손가락을 꼽으면서 조용한 목소리로 수를 세었다.

그때 또 다른 젊은 여자가 날카롭게 소리쳤다.

"그만하세요!"

"셋!"

그녀는 동방장천의 차남인 동방창승의 부인이며 역시 명문가의 딸이다.

"도대체 우리가 무슨 잘못을 했다고 이렇게 핍박하는 것인가요? 당신들과 우리가 철천지원수인가요?"

"넷!"

그녀는 무시를 당했다기보다 죽음의 시간이 점점 다가오는 것이 공포스러워서 발악을 했다.

"입이 있으면 수만 세지 말고 대답을 해보세요! 우리가 무엇을 잘못했다고 이러는 건가요?"

"다섯!"

진천룡이 수를 세고 부옥령이 착 가라앉은 목소리로 말문을 열었다.

"너희들이 무엇을 잘못했는지에 대해서는 너의 시아버지에게 물어봐라."

"여섯!"

진천룡은 두 여자가 말다툼을 하든 말든 수만 계속 세었다.

삼십 대 초반인 둘째 며느리는 십칠 세로 보이는 부옥령을 손가락으로 가리키며 노발대발했다.

"어린 것이 말버릇이 고약하구나!"

사실은 둘째 며느리보다 열 살 정도 더 먹은 부옥령은 그녀가 '어린 것'이라고 한 말에 기분이 좋아졌다.

"언니, 원래 우리 영웅문은 가만히 있었는데 언니의 시아버지가 우릴 괴멸시키려고 자꾸만 고수들을 보내서 괴롭혔다니까 그러네? 언니는 그걸 몰라?"

"일곱!"

둘째 며느리는 부옥령의 말과 진천룡이 수를 세는 것에 머리가 돌아버릴 것 같은 표정을 지었다.

"제발 그만해요!"

"여덟!"

부옥령이 전면을 주시하며 차갑게 말했다.

"공격 준비."

"아홉!"

진천룡이 아홉까지 세었지만 동방장천 쪽에서는 아무도 싸울 준비를 하지 않았다.

진천룡은 오른손 손가락 다섯 개를 다 꼽고서 왼손 손가락 다섯 개를 꼽았다.

"열!"

"굴복하겠다!"

진천룡이 열을 센 것과 동방장천이 소리친 것, 부옥령을 비롯한 진천룡의 측근들이 일제히 쏘아나간 것은 거의 동시에 벌어진 일이다.

진천룡은 나직하게 말했다.

"돌아와라."

그러자 쏘아나가던 부옥령을 비롯한 측근들은 쏘아가던 그

자세에서 뚝 멈추더니 상체를 뒤로 눕듯이 하며 스르르 제자
리로 돌아왔다.

그런 것 하나만 봐도 이들이 얼마나 고강한지 미루어 짐작
할 수가 있을 터이다.

진천룡은 동방장천을 보며 조용한 목소리로 말했다.

"시키는 대로 하겠소?"

"……."

동방장천은 대답하지 않았지만 진천룡은 재촉하지 않았다.
그것이 그가 베풀 수 있는 최후의 자비이기 때문이다.

진천룡이 잠시 기다려 주자 동방장천은 꽉 잠긴 목소리로
중얼거리듯이 말했다.

"시키는 대로 하겠네."

진천룡은 마음에 든다는 듯 미소를 지으며 고개를 끄떡였
다.

"지금 이 시간부터 검황천문은 사라질 것이오."

그럴 줄 알았다는 듯 동방장천을 비롯한 모두의 얼굴에 비
통한 표정이 떠올랐다.

그들의 시선을 한 몸에 받으면서 진천룡의 말이 이어졌다.

"검황천문은 이 시간부터 영웅문 남경지부가 될 것이오."

"그… 것은……."

"말도 안 돼!"

"그럴 수는 없어요!"

일그러진 얼굴의 동방장천은 가만히 있는데 가족들이 마구 외쳐댔다.

진천룡은 개의치 않고 말을 이었다.

"동방무건이 영웅문 남경지부의 지부주가 될 것이오."

동방장천 일족의 얼굴에 의아함이 떠올랐다. 이곳이 영웅문 남경지부가 된다면 지부주는 당연히 동방장천이 되어야지 어째서 동방무건이냐는 표정이다.

부옥령이 꾸짖었다.

"동방무건은 앞으로 나오지 않고 무얼 하느냐?"


\*　　　　\*　　　　\*


동방무건은 움찔 놀라서 부친 동방장천의 표정을 살폈다.

동방장천은 돌처럼 차갑고 단단한 표정으로 아들이 아니라 진천룡을 주시하고 있었다.

동방무건은 어찌할 바를 모르고 전전긍긍했다. 그 자신은 판단이 서지 않았다.

아무래도 부친이 어떻게 하라는 언질이 있어야지만 움직일 수 있을 것 같았다.

부옥령이 동방무건을 응시하며 냉랭하게 중얼거렸다.

"오지 않겠다는 말이지?"

부옥령의 목소리는 차갑지 않았으며 표정도 무섭지 않았다.

하지만 사람들은 알고 있다. 김이 나지 않는 끓는 물이 훨씬 더 뜨겁다는 사실을 말이다.

그때 동방장천이 불쑥 입을 열었다.

"부탁이 있네."

진천룡은 느긋하게 뒷짐을 졌다. 할 말이 있으면 해보라는 표정이다.

동방장천은 지금은 자신이 저자세일 수밖에 없다는 사실을 뼈저리게 느끼면서 더없이 진지한 표정을 지었다.

"노부와 자네가 단둘이 일대일로 승부를 결정짓는 것이 어떤가?"

진천룡은 어깨를 으쓱했다.

"현재 우리가 검황천문을 접수하고 있는 중인데 어째서 당신과 내가 일대일로 싸워야 하오? 가만히 있어도 당신들을 모두 제압할 텐데 말이오?"

진천룡의 말이 백번 옳다.

동방장천은 궁색한 변명을 하면서도 의연하려고 애쓰는 기색이 역력했다.

그는 이미 전세가 완전히 기울어졌지만 그래도 못 먹는 감 한번 찔러보는 것이다.

아니, 표정은 그렇지 않지만 사실은 결사적으로 발악을 하고 있다.

동방장천은 스스로 비굴해지고 있는 것을 느꼈지만 어쩔 수 없는 일이다.

이렇게 싸워보지도 못하고 영웅문의 노예가 되느니 반발이라도 해보려는 것이다.

동방장천은 짐짓 어깨를 활짝 펴면서 당당하게 말했다.

"나는 사내대장부로서 자네와 한번 일대일로 싸워보고 싶다는 것이네."

"아… 그렇소?"

진천룡은 진지한 표정으로 고개를 끄떡였다.

그러나 그의 측근들은 동방장천이 저자세로 애원하고 있다는 사실을 알고 슬며시 미소를 지었다.

동방장천은 그걸 눈치챘지만 지금은 그런 것으로 기분 나쁠 때가 아니다.

진천룡은 동방장천을 조롱하지는 않았다. 존장에 대한 예우이기 때문이다.

진천룡은 진지한 얼굴로 물었다.

"그냥 일대일로 싸우는 것뿐이오?"

동방장천은 복잡한 표정을 지었다. 이제야말로 중요한 말을 해야 하기 때문이다.

그는 잠시 여유를 두고 고민하는 것 같은 표정을 지었다가 가라앉은 목소리로 또박또박 말했다.

"내가 패하면 깨끗이 승복하마."

그는 일부러 자신이 패한다는 말만 하고 이긴다는 말은 하지 않았다.

얍삽한 것이 아니라 절박하기 때문이다. 자신이 이길 것이라는 사실을 눈곱만큼이라도 드러내선 안 된다. 현재 상황이 그를 이렇게 만들었다.

진천룡은 정정당당하게 일대일로 싸워서 이겨 동방장천의 자존심을 지켜주고 싶었다.

"내가 패하면 무엇을 원하시오?"

동방장천은 굳은 얼굴로 짧게 말했다.

"당장 물러가게."

진천룡 측근들은 그가 뭐라고 대답할지 짐작했다. 그라면 절대 거절하지 않는다.

실력이 안 되면서 순전히 불끈거리는 호승심만으로 싸우려는 것이 아니라 그는 자신이 동방장천을 이길 수 있다고 믿는다.

동방장천 가족들은 진천룡이 거절할까 봐 조마조마한 표정들이다.

잠시 침묵이 흐를 때 동방장천을 비롯한 가족들의 시선이 수십 발의 화살처럼 진천룡 얼굴에 집중됐다.

이윽고 진천룡은 천천히 고개를 끄떡였다.

"그럽시다."

동방장천의 뺨이 기쁨으로 미미하게 씰룩였다. 그리고 가족들 얼굴에 감출 수 없는 기쁨이 떠올랐다.

깊은 절망 속에서 햇빛처럼 눈부신 하나의 희망이 생겼기 때문이다.

그러나 동방장천과 가족들은 기쁨을 만끽하느라 한 가지를 간과했다.

진천룡이 동방장천과의 일대일 대결을 승낙했는데도 그의 측근들이 아무도 반대하거나 염려하는 표정을 짓지 않았다는 사실이었다.

여전히 검황천문 곳곳에서 비명이 난무하는 가운데 검황벽 한가운데 넓은 마당에 진천룡과 동방장천이 열 걸음 거리를 두고 서로 마주 보며 서 있고 다른 사람들은 멀찍이 십여 장쯤 거리를 두고 떨어졌다.

동방장천이 묵직한 목소리로 말했다.

"어떤 방식으로 싸우기를 원하는가?"

사실 그는 진천룡이 일대일 대결을 승낙했을 때 그를 달리 보게 되었다.

그렇다고 해도 근본적으로 달리 본 것이 아니라 그의 사내다움이 뜻밖이라는 정도다.

진천룡은 조용한 목소리로 대답했다.

"상대를 무기력하게 만들면 끝나는 것으로 합시다."

"그러지."

동방장천은 진천룡에게 이길 자신이 있었다. 아니, 그것은 자신이 아니라 확신이다.

무조건 이겨야만 한다. 만에 하나 말도 안 되는 상황 즉, 동방장천이 패할 기미가 보인다면 무슨 수를 써서라도 시간을 끌고 버텨야만 한다. 검황천지대가 돌아올 때까지 말이다.

동방장천은 수많은 무공들을 익혔지만 그것들 중에 네 개의 절학이 가장 고강하다.

두 개의 절학검법인 천령신검과 만변화벽검(萬變火碧劍), 그리고 금혈신강과 대화강력이다.

두 개의 절세검법은 동방장천의 가문에서 조상 대대로 이어져 내려왔다.

그리고 금혈신강은 사부인 금혈마황이 전수한 것이고, 대화강력은 동방장천이 폐관을 해서 새로 연공을 한 공전절후의 마공이다.

대화강력이야말로 동방장천이 암중에 최고의 공을 들인 절학 중의 절학이다.

그가 마지막 폐관을 한 이 년 동안에 전력으로 성취한 서장(西藏)의 신공이다.

대화강력을 전개하면 순식간에 평소보다 두 배 정도 공력이 급증하는데 그 대신 이성을 잃게 된다.

대화강력을 전개하기 직전 마지막까지 하고 있던 생각이 계속 유지되어 그를 지배하게 되는 것이다.

그뿐 아니라 자신이 대화강력으로 변해 있었던 동안의 일을 하나도 기억하지 못한다.

말하자면 대화강력의 상태는 동방장천이 아닌 전혀 다른 괴인이 되는 셈이다.

일전에 동방장천이 남창 조양문에서 진천룡과 설옥군, 부옥령 등과 싸울 때에는 대화강력 수준이 겨우 이 성 정도에 불과했었다.

하지만 그때 이후 두문불출 대화강력에 몰두하여 현재는 삼 성에 이르렀다.

그 정도면 진천룡을 손쉽게 이기고도 남지만 구태여 대화강력까지 전개하지 않아도 이길 수 있을 것이라는 게 동방장천의 예상이다.

동방장천이 조심해야 할 것은 진천룡을 죽이면 안 된다는 사실이다.

싸우다가 만약 그를 죽이기라도 하면 일대일 싸움에서 패하면 물러가겠다는 약속을 그의 측근들이 지키지 않을 것이기 때문이다.

동방장천은 암암리에 공력을 극한으로 끌어올리고 나서 진천룡을 보며 담담한 얼굴로 고개를 끄떡였다.

"먼저 공격하게."

진천룡은 가볍게 미소를 지었다.

"그러겠소."

스으읏!

동방장천이 마지막 말 '소'를 들었을 때 진천룡의 모습은 어느새 이 장 앞으로 쇄도하고 있었다.

"……!"

동방장천은 진천룡이 이처럼 빠를 줄은 예상하지 못했기에 움찔 놀라 급히 오른쪽으로 미끄러져 피했다.

스웃―

"……?!"

그런데 방금 전에 이 장 앞으로 쇄도하고 있던 진천룡이 지금은 그의 전면 일 장에서 쇄도하고 있지 않은가.

방금 전과 똑같은 상황에 진천룡의 거리가 이 장에서 일 장으로 좁혀진 것만 다르기 때문에 동방장천은 자신이 피하려고 마음만 먹었을 뿐이지 실제로는 피하지 않았다고 생각했다.

그러나 실제 동방장천은 진천룡이 공격을 가하는 순간 그의 측면을 공격할 생각으로 오른쪽으로 반 장쯤 피한 상황이었다.

그런데 진천룡이 찰나지간 방향을 슬쩍 틀어 동방장천을 따라붙어 전면으로 파고든 것이다.

그 동작이 얼마나 빠르고 절묘했으면 동방장천이 자신이 피하지 않았다고 착각하도록 만들었겠는가.

어쨌든 동방장천은 더 이상 피할 수가 없게 되었다. 아니, 자신이 피하지 못한 것이라고 착각을 했기에 반격을 해야 한다고 판단했다.

키이우웅!

진천룡이 정면으로 파고들면서 오른손을 뻗는데 하나의 반투명한 광선이 번갯불처럼 뿜어졌다.

파아앗!

그가 설옥군에게 최초로 배웠던 대라벽산 중 육초식인 절영신위(折影神威)다.

절영신위는 금나수법이지만 공력이 화경에 이르고 대라벽산을 더할 나위 없이 자유자재로 전개하는 진천룡은 절영신위라는 초식에 대라벽산 전체 팔초식의 장점들만 고르게 주입하여 전개할 수도 있다.

그러니까 말하자면 그가 절영신위라는 육초식을 전개했으나 실상 대라벽산 전체를 전개한 것이나 다름이 없다는 뜻이다.

그래서 칠초식 절영신위 금나수법을 전개했지만 권법과 비각술, 금나수법, 발탄기공 여덟 개 초식의 공격들이 한꺼번에 쏟아져 나갔다.

고오오옴!

또한 그 수법의 쾌속함이 어느 정도인지 아득한 곳에서 은은하게 메아리가 들려오는 듯했다.

동방장천은 아연실색하여 한순간 정신을 놓았다.

'맙소사… 도대체 이것은……'

그러다가 자신을 향해 쇄도하고 있는 수십 줄기, 아니, 정확하게 삼십팔 개의 빛살을 발견하고 정신이 번쩍 들었다.

"……!"

피하는 것도 반격도 늦었다. 이런 상황에서 그가 취할 수 있는 것은 오직 하나, 호신강기를 전개하는 것이다.

끄아앙…….

기이한 음향이 흐르면서 동방장천의 몸 주위에 희끗한 색을 띤 호신강기가 둥글게 펼쳐졌다.

그와 동시에 진천룡의 대라벽산 삼십팔 개 빛살이 호신강기를 강타했다.

꽈드드등!

산악이 무너지는 것 열 배 정도는 될 엄청난 위력에 호신강기가 갈가리 찢어질 때 동방장천은 수직으로 솟구쳐 올랐다.

대라벽산이 호신강기를 때리는 순간 그는 반사적으로 솟구쳐 오른 것이다.

만약 그대로 있었다면 그는 온몸으로 삼십팔 개의 빛살을 고스란히 감당해야만 했다.

호신강기가 사라지고 삼십팔 개 빛살이 허공을 때리는 충격에 동방장천은 하체가 한순간 마비됐다.

그러나 그는 개의치 않고 수직으로 일 장가량 솟구치자마자 천령신검 절초식을 발휘하여 두 손을 힘차게 아래를 향해 그어 내렸다.

쿠오옷!

그는 검을 지니고 있지 않았다. 예전엔 천하오대명검 중 하나인 동명검을 갖고 다녔지만 남창 조양문에서 중상을 입었을 때 잃어버렸다.

그 동명검을 진천룡은 나중에 영웅호위대의 위융에게 주었다.

동방장천이 두 손을 아래로 그어대자 방금까지만 해도 없었던 검이 그의 두 손에 쥐어졌다.

은은하게 빛나는 반투명한 무형검이다. 공력이 오기조원에 이르면 무형검을 만들어낼 수 있다.

동방장천은 방금 전에 당한 일초식으로 자신이 진천룡에 대해서 품고 있던 모든 환상을 깡그리 날려 버렸다.

그가 진천룡을 너끈히 이기고도 남는 것이 아니라 까딱하면 자신이 목숨을 잃을 상황에 처해 버린 것이다.

그제야 그는 깨달았다. 진천룡이 어째서 일대일 대결을 쉽사리 받아들였는지를 말이다.

동방장천은 감히 방심하지 않고 무형검에 자신의 사백 년 전 공력을 주입하여 무시무시하게 내리그었다.

그가아아앙!

진천룡은 위를 올려다보고 있었는데 전혀 피할 생각이 없는 것처럼 보였다.

그러나 동방장천 가족들이 볼 때는 피할 생각이 없는 게 아니라 피하지 못하는 것처럼 보였다.

이때에도 동방장천 가족들은 진천룡 측근들의 모습을 살피지 못했다.

그들은 팔짱을 끼거나 뒷짐을 지고 한껏 느긋한 표정으로 싸움 광경을 지켜보고 있었다.

진천룡은 동방장천과 정면 대결을 하려고 피하지 않는 것이다.

第百九十九章

광적(狂的)인

　진천룡의 그런 내심을 간파한 사람은 동방장천뿐이다.

　진천룡의 얼굴이 너무도 평온했기 때문에 그는 두 가지 사실을 짐작하게 되었다.

　첫째는 그가 정면으로 공격할 것이라는 사실이고, 둘째는 그가 자신보다 고강할 수 있다는 예상이다.

　그래서 무형검을 만들어서 천령신검을 전개하려던 동방장천은 생각을 바꾸었다.

　기회는 한 번뿐이다. 이번에 실패하면 두 번 다시 공격할 기회가 없다는 생각이 본능적으로 들었다.

　본능이 틀릴 수도 있고 그러면 좋겠지만 불길한 본능적 예

감일수록 잘 맞았던 경험이 있었다.

때론 직감이 차가운 이성을 앞설 때가 종종 있는데 지금이 바로 그렇다.

'어쩔 수 없다! 이건 네가 원한 것이다!'

그는 천령신검을 거두는 즉시 전격적으로 대화강력을 전개하기로 마음먹었다.

대화강력을 펼치면 그때부터 그는 정신을 잃고 광인이 되지만 어쩔 수 없는 일이다.

정신을 잃는 그 순간 마지막으로 그가 품고 있는 생각 즉, 진천룡을 죽이거나 제압하려는 결심이 줄곧 그를 지배하게 될 것이다.

이제 길은 외길밖에 남지 않았다. 이렇게 해야지만 진천룡을 이길 수 있다.

그를 제압하여 풍전등화 위기에 놓인 검황천문을 구할 수만 있다면 그는 무슨 일이라도 어떤 대가라도 치를 수가 있는 심정이다.

동방장천은 내리꽂히는 속도를 줄이지 않고 천령신검을 대화강력으로 전환시켰다.

쿠우우…….

순식간에 그의 전신 공력이 정심함에서 대화강력만을 위한 마정(魔精)으로 전환되었다.

일전에 그가 대화강력을 전개했을 때도 가공할 위력이었는데 그동안 밤낮을 가리지 않고 각고의 노력으로 연마를 했으니 지금은 그때와 비교할 수 없을 터이다.

그 순간 동방장천의 두 눈에서 흰자위가 사라지면서 시커먼 먹빛으로 돌변했다.

그러고는 그의 두 손에 쥐어졌던 무형검이 사라지는 것과 동시에 두 손바닥에서 흑광의 기둥이 뿜어졌다.

콰아아앗!

두 팔 한 아름 정도 굉장한 굵기의 번쩍거리는 흑광이 폭포로 변하면서 진천룡을 향해 내리꽂혔다.

콰우우웅!

진천룡은 자신을 향해 무시무시하게 짓쳐오는 흑광의 원통을 보면서 문득 저걸 피한다고 해도 끝까지 따라올 것 같은 직감이 들었다.

그렇다고 해도 사실 피하고 싶은 생각은 처음부터 없었다. 싸움을 최대한 빨리 끝내고 싶은 마음은 동방장천보다 그가 더 많았다.

진천룡은 동방장천이 최고의 절학을 발휘한 것이라고 판단하여 자신도 그에 필적할 만한 절학을 발휘했다.

진천룡에게도 그만한 것이 있으며 바로 성신도의 대도주 화라연이 가르쳐 준 오극성궁력이다.

그가 찰나지간에 떠올린 생각은 오로지 그것뿐이다. 오극성궁력만이 동방장천의 저 무시무시한 흑광을 상대할 수 있을 것 같았다.

길게 생각할 것 없이 진천룡의 두 팔이 번개같이 위로 뻗어지며 쌍장을 뿜어냈다.

아주 짧은 순간 진천룡은 어쩌면 자신이 이 싸움에서 패할 수도 있겠다는 생각이 들었다. 그 정도로 대화강력이 엄청나게 보였다.

동방장천이 이토록 굉장한 절학을 전개할 줄은 예상하지 못했기 때문이다.

번쩍—!

그 순간 진천룡의 쌍장에서 은은한 오색의 빛기둥이 섬광처럼 위로 뿜어졌다.

성신도에서는 대도주 화라연까지 이십오 대(代)를 이어오는 동안 오극성궁력을 십 성까지 완벽하게 연공한 인물은 단 한 명도 없었다고 한다.

오극성궁력이 수직으로 뿜어 오르는 광경은 마치 땅에서 무지개가 피어나는 것을 보는 것 같은 착각을 일으켰다.

흑광은 위에서 아래로 내리꽂히고, 오색의 무지개는 아래에서 위로 솟구쳐 오른다.

두 개의 어마어마한 강기, 아니, 신력이 서로를 향해 맹렬하게 쏘아갔다.

꽈드드등!

다음 순간 말 그대로 하늘이 무너지고 땅이 가라앉는 굉렬

한 폭음이 터졌다.

그뿐 아니라 주위에서 구경하던 사람들은 격돌의 여파로 몰아치는 거센 강풍에 똑바로 서 있지 못하고 쓰러질 듯이 비틀거렸다.

"우앗!"

"아앗!"

진천룡 측근들은 비틀거리지는 않았으나 머리카락과 옷자락이 세차게 펄럭였다.

두 줄기 전혀 다른 전대미문의 절학이 충돌하는 순간 동방장천은 극심한 충격에 정신을 잃고 반탄력에 의해서 수직으로 허공 높이 솟구쳐 올랐다.

그 순간 그는 가슴의 뼈가 와르르 부러지고 내장과 장기가 터지고 끊어졌으나 그 자신은 광인이 된 상태라서 그것을 자각하지 못했다.

말하자면 고통을 느끼지 못하는 것이다. 그것은 죽는다고 해도 마찬가지다.

대화강력은 짝을 찾기 어려운 서장의 전대 마공이며 지난 천 년 동안 적수를 찾아보기 어려웠었다.

그렇지만 동방장천은 진천룡보다 일 갑자 정도 공력이 낮다는 것이 결정적인 약점이었다.

동방장천은 지난번 조양문에서 진천룡과 설옥군, 부옥령과의 싸움에서 죽을 뻔했을 때보다 반 갑자 삼십 년 정도 공력이 더 증진된 상태다.

우두둑······.

우뚝 선 진천룡의 두 다리에서 뼈마디 부딪치는 소리가 터지더니 무릎까지 땅속으로 푹! 쑤셔 박혔다.

그렇지만 뼈가 부러지진 않았고 내장이 가볍게 진동하는 정도에 그쳤다.

진천룡 측근들의 시선은 일제히 진천룡에게 집중됐고, 동방장천 가족들의 시선은 동방장천에게 고정되었다. 두 무리의 관심사는 극명하게 달랐다.

동방장천은 격돌의 충격으로 아주 잠깐 혼절했었지만 두 호흡 후에 깨어났다.

그때 그는 지상으로부터 십오 장 높이까지 솟구치고 있는 중이었다.

정신을 차린 동방장천은 반사적으로 아래를 내려다보았다. 그의 두 눈에서 시커먼 광채가 번들거렸다.

진천룡이 자신을 향해 곧장 솟구쳐 오르는 것을 발견했기 때문이었다.

그걸 보고 동방장천은 활화산처럼 살심이 뻗쳤다. 첫 번째 대화강력을 끌어올리는 순간 본연의 정신을 상실한 그는 현재 광인(狂人)이다.

그는 갈비뼈가 여러 개 부러졌으며 장기와 내장에 손상을 입었으나 전혀 고통을 느끼지 못했다.

지금 이 순간의 그는 오로지 온몸이 걷잡을 수 없는 분노와 살심으로 가득 차 있을 뿐이다.

번쩍!

그때 조금 전에 그가 보았던 그 오색의 무지갯빛이 그를 향해서 눈부시게 뿜어져 올라왔다.

"이놈! 죽인다……!"

광인이 되어 이성을 잃은 동방장천은 두 눈에서 더욱 짙은 살기를 뿜으면서 전신의 공력과 인간 본연의 잠력까지 모조리 끌어올려 대화강력을 일으켰다.

'본연의 잠력'이라는 것은 인간의 생명을 이어주고 또 유지시키는 최후의 기운이다.

그렇기 때문에 잠력은 공력에 비해서 그 양이 현저히 적을 뿐만 아니라 위력은 공력의 십분지 일에 불과했다.

콰우우웅!

오극성궁력의 무지갯빛과 대화강력의 흑광이 아래와 위에서 서로를 향해 무시무시하게 쏘아가는 굉음이 주위의 공기를 거세게 울려서 사람들의 심장이 마구 떨게 만들었다.

한순간 동방장천의 시커먼 눈 깊은 곳에서 흐릿한 광채가 가볍게 번뜩였다.

스으…….

그 순간 그의 모습이 그 자리에서 씻은 듯이 사라졌다.

"……!"

진천룡은 가볍게 흠칫했다. 자신이 발출한 오극성궁력이 섬전처럼 솟구치고 있는 저 위에서 동방장천이 갑자기 사라져 버린 것이다.

진천룡은 찰나지간 사라진 동방장천이 배후나 암중에 급습할 것이라는 생각이 들어 온몸에 얼음물을 뒤집어쓴 것처럼 섬뜩해졌다.

그런데 아무런 기척도 감지되지 않았다. 그것은 동방장천이 어디에서 급습을 가할지 모른다는 뜻이다.

동방장천은 정면으로 격돌하는 것이 불리하다고 판단하여 편법을 쓰는 것이 분명했다.

키이이…….

그 순간 어디에선가 기이한 음향이 들려왔다. 동방장천의 급습인 것 같은데 방향을 감지할 수가 없다.

'이런…….'

부옥령을 비롯한 측근들에게서도 아무런 언질이 없다는 것은 그들도 동방장천의 모습을 놓쳤다는 뜻이다.

진천룡은 이럴 때 어떻게 해야 하는지 갈피를 잡지 못했다. 지난 이 년여 동안 꽤 많은 싸움을 치렀지만 이런 경우는 처음이다.

'이 빌어먹을 자식이 치사하게 사라지다니…….'

존장이고 나발이고 속에서 욕이 치밀어 올랐다.

그런데 그 순간 그의 뇌리를 번개같이 스치는 것이 있다.

'사라진다⋯⋯!'

동방장천이 사라졌다면 그도 사라지면 되는 것이다. 항상 정답은 복잡한 것이 아니라 간단했다.


'크크크⋯⋯! 뒈져라, 이놈!'

동방장천은 진천룡의 등 뒤와 오른쪽 중간 방향에서 빛처럼 쏘아가면서 키득거렸다.

동방장천이 봤을 때 진천룡은 사방을 두리번거리면서 어쩔 줄 모르고 있는 것 같았다.

대화강력의 최대 강점은 신력이다. 강기보다 고강한 것이 신력이며, 대화강력을 육 성까지 연공하면 신력이고, 십 성 최고 단계까지 연마하면 강기보다 두 단계 고강한 절강(絶罡)이 되는 것이다.

또한 대화강력은 신공이기 때문에 신력과 절강만 들어 있는 것이 아니다.

대화강력을 경공에 적용하면 대화경공이 되는 것이고, 검법에 응용한다면 대화검법이 될 터이다.

지금 동방장천은 대화강력을 경공에 적용했기에 거의 신적인 능력의 대화경공이 전개되고 있었다.

키유웅!

동방장천은 진천룡과의 거리가 이 장으로 좁혀졌을 때 오른손으로 짧고 굵은 대화강력을 발출했다.

그것 때문에 음향이 흘러나왔지만 상관없다. 지금처럼 가까운 거리에서는 설혹 대라신선이라고 해도 피하지 못할 테니까 말이다.

스후우…….

그런데 바로 그때 동방장천 이 장 앞에 서 있던 진천룡 모습이 갑자기 신기루처럼 사라져 버렸다.

한 가닥 미풍이 살랑 부는 것 같더니 마치 처음부터 그 자리에 없었던 것처럼 흔적도 없이 사라졌다.

"……."

대화강력의 여러 단점 중 하나가 미련해진다는 것이다. 당연한 일이다.

생각은 이성이 하는 것이기 때문에 이성을 잃은 상태에서는 미련할 수밖에 없다.

'뭐… 야?'

동방장천은 진천룡을 암습하느라 발출한 대화강력을 거두는 것조차도 망각한 채 그 자리에 우두커니 멈췄다.

바로 그때 누군가 다급하게 부르짖었다.

"아버님! 머리 위예욧!"

동방장천의 큰며느리가 기겁하며 부르짖은 것이다.

동방장천은 선 채 뒤쪽으로 쑤욱! 미끄러져 물러나면서 동시에 머리 위를 보며 대화강력을 뿜어냈다.

쿠와아앗!

추호의 기척도 없이 발출된 오극성궁력의 오색 무지갯빛이 동방장천의 얼굴을 오색으로 물들였다.

그의 두 손에서 대화강력이 뿜어지는 바로 그 순간에 무지갯빛이 그에 몸에 먼저 당도했다.

"흐웃!"

뿌악!

"끄악!"

그가 움찔 놀라서 고개를 뒤로 젖힐 때 무지갯빛이 비스듬히 눕고 있는 그의 가슴에 적중했다.

쿠다닥!

동방장천은 지면에 세차게 내동댕이쳐졌다가 다시 허공으로 일 장이나 솟구쳐 올랐다.

"으앗! 아버지!"

"꺄악! 아버님!"

아들과 며느리들이 찢어지는 비명을 내질렀다.

동방장천은 일격을 당한 직후 지면에서 튕겨져 허공으로 떠오르면서 정신이 돌아왔다.

그는 누운 자세로 하늘을 올려다보며 눈을 껌뻑거렸다.

'무슨 일인가……'

문득 자신이 광인이 되기 직전의 마지막 기억이 떠올랐다. 진천룡과의 일대일 결전에서 그가 대화강력을 전개하려 했던 기억이었다.

　　　　　\*　　　　　\*　　　　　\*

　동방장천의 눈에는 새파랗게 맑은 하늘과 붉게 떠오르고 있는 태양만 보였다.

　'어찌 된 것인가……'

　어떻게 된 것인지 과정은 모르지만 자신이 이렇게 누워서 하늘을 보고 있다는 사실로 미루어 지금 상황을 어느 정도 짐작할 수 있었다.

　'패한 것인가……?'

　동방장천은 허탈함이 파도처럼 밀려들었다.

　쿵!

　그 순간 그는 둔탁하게 땅에 떨어졌다. 하지만 다시 정신을 잃었기 때문에 신음을 흘리지 않았다.

　진천룡은 땅에 파묻힌 두 다리를 빼면서 목운동을 하듯 고개를 이리저리 돌렸다.

　[괜찮은가요?]

　[주인님, 다친 곳 없으세요?]

　그때 부옥령을 비롯하여 소정원과 종초홍 등이 한꺼번에 전음을 보내서 물었다.

　진천룡은 그녀들을 돌아보며 건강한 미소를 지었다.

　[나는 괜찮다.]

그때 동방장천의 가족들이 땅에 널브러져 있는 그를 향해 달려가며 울부짖었다.

"아버지!"

"으흑흑! 아버님!"

그러자 부옥령이 낮고 강하게 외쳤다.

"멈춰라!"

호통에 다들 멈췄는데 둘째 며느리 한 명만 울부짖으며 동방장천에게 달려들었다.

소정원이 가볍게 소매를 흔들자 흐릿한 경력이 산들바람처럼 쏘아갔다.

뻐걱!

"아악!"

소정원과 둘째 며느리의 거리는 칠 장이며, 무형의 경력은 기척도 없이 쏘아와서 그녀의 가슴팍을 정통으로 적중시켜 날려 버렸다.

동방장천 가족들이 두렵고도 비감한 표정을 짓고 있는데 부옥령이 냉랭한 목소리로 말했다.

"보다시피 동방장천이 패했다. 약속했던 대로 검황천문을 접수하겠다."

부옥령은 더욱 차가운 목소리로 명령했다.

"모두 꿇어라."

잠시의 시간을 두고 동방일족들이 모두 무릎을 꿇자 부옥령의 명령이 이어졌다.

"문주께 부복하여 충성을 맹세하라."

무릎을 꿇고 있는 동방일족들이 치욕으로 몸을 부르르 떠는 것이 역력하게 보였다.

부옥령은 두 번 말하지 않았고, 측근들 역시 입을 굳게 다문 채 지켜보았다.

열 호흡쯤 지났는데도 동방일족들은 무릎을 꿇은 채 영웅문주에 대한 충성을 맹세하지 않았다.

부옥령은 중얼거리듯이 나직이 말했다.

"호위대, 저들을 모두 죽여라."

쉬잇!

그녀의 말이 떨어지기 무섭게 옥소를 비롯한 영웅호위고수 다섯 명이 빛처럼 쏘아갔다.

그 순간 동방무건이 앞으로 엎어지듯이 엎드리며 큰 소리로 다급히 외쳤다.

"속하 동방무건이 영웅문주 주군께 충성을 맹세합니다!"

영웅호위대 고수 다섯 명은 동방일족 가까이 쇄도하면서 어깨의 검을 뽑았다.

차창!

동방무건 뒤에 있는 일족들이 동시에 앞으로 고꾸라지듯이 부복하며 부르짖었다.

"아앗! 죽이지 말아요!"

"으앗! 충성해요!"

부옥령이 나직이 말했다.

"멈춰라."

그 순간 영웅호위고수들은 천근추의 수법으로 지면에 뚝 떨어져 내렸다.

동방일족 삼십여 명은 몸의 앞면을 지면에 납작하게 밀착시킨 채 가늘게 몸을 떨었다.

"동방무건."

"네… 넵!"

부옥령의 부름에 동방무건은 움찔 놀라서 고개를 들었다가 그녀와 눈이 마주치자 급히 이마를 바닥에 댔다.

"너를 영웅문 남경지부의 지부주로 임명하겠다."

"……."

"거부하는 것이냐?"

"아, 아닙니다!"

이마를 땅에 대고 버럭 외치는 동방무건의 눈에서 뜨거운 눈물이 뚝뚝 떨어졌다.

동방무건의 부인 보교진(保嬌進)이 고개를 숙인 채 땅에 대고 외쳤다.

"싸움을 멈춰주세요!"

진천룡이 고개를 끄떡이자 부옥령이 조용한 목소리로 중얼거리듯 말했다.

"영웅고수들은 즉시 싸움을 중지하고 물러나라."

다음 순간 그 말이 허공을 쩌렁쩌렁 울리면서 멀리까지 퍼져 나갔다.

이른바 사자후다.

부옥령은 동방일족에게 물었다.

"이곳 사람들이 다 모일 만큼 넓은 곳이 어디냐?"

동방무건 부인 보교진이 대답했다.

"대연무장이에요."

부옥령은 다시 사자후를 발했다.

"모두 대연무장으로 모여라."

그 말이 웅웅 울리면서 거센 파도처럼 퍼져 나갔다.

보교진이 다시 말했다.

"동서를 돌봐주세요."

조금 전에 소정원의 무형경력에 가슴이 적중되어 날아간 둘째 며느리를 말하는 것이다.

"네가 돌봐라."

부옥령의 말에 보교진이 일어나서 고개를 드는데 얼굴이 온통 눈물범벅이다.


검황천문 고수들이 한 명도 빠짐없이 대연무장에 모였으며, 외곽을 호천고수와 무극고수들이 겹겹이 에워쌌다.

대연무장 전면에는 지상에서 일 장 높이의 크고 넓은 단상이 있으며 그곳에 진천룡을 비롯한 측근들과 검황천문의 동방 무건일족들이 모여 있다.

대연무장에 모여 있는 검황천문 고수의 수는 삼천여 명에 불과했다.

원래 사천여 명이었지만 조금 전의 싸움으로 천여 명 이상이 죽었다.

검황천문 고수들은 단상의 사람들을 보면서 더없이 침통한 표정을 지었다.

단상의 상황은 누가 보더라도 동방무건을 비롯한 동방일족들이 영웅문 사람들에게 굴복한 듯한 광경이었다.

단상 앞쪽에는 진천룡과 부옥령, 종초홍, 소정원, 훈용강이 서 있으며, 뒤에는 감후성과 무극애, 호천궁 사람들, 그리고 청랑과 은조, 취봉삼비, 옥소 등이 서 있다.

부옥령이 슬쩍 뒤돌아보며 말했다.

"동방무건, 앞으로 나와라."

동방무건이 굳은 얼굴로 단상 앞으로 걸어 나오자 검황천문 고수들의 시선이 일제히 그에게 집중됐다.

부옥령은 정복자의 오만한 미소를 입가에 머금고 냉랭하게 말했다.

"모두에게 고해라."

동방무건의 뺨이 보기 싫게 씰룩거렸다. 분노와 모멸감 때문에 죽고 싶은 심정이다.

하지만 일이 이렇게 돼버린 이상 죽는다고 해결되는 것은 아무것도 없다.

그는 마른침을 삼키고 단하의 검황천문 고수들을 한 차례 쓸어보고 나서 말문을 열었다.

"조금 전 태문주께서 영웅문주 전광신수와 일대일로 겨루어서 패하셨소."

단하 여기저기에서 놀라움의 탄성과 신음이 와르르 쏟아져 나왔다.

동방무건은 눈을 한 번 질끈 감았다가 뜨며 말을 이었다.

"태문주께서 영웅문주에게 약속하셨소! 당신께서 패하면 검황천문 전체를 바치겠다고 말이오!"

"그런 말도 안 되는!"

"어림도 없는 소리요!"

"그게 정말입니까?"

단하 여기저기에서 고함 소리가 마구 터져 나왔다.

그러지 않아도 감정을 꾹 누르고 있는 동방무건은 발을 세게 구르며 외쳤다.

쿵!

"조용하시오!"

좌중의 소란이 가라앉자 동방무건의 말이 이어졌다.

"영웅문주는 본문을 영웅문 남경지부로 전환시켰소."

그러자 또다시 와아! 하는 소란이 일어났다. 동방무건이 한

마디 하기만 하면 기다렸다는 듯이 고함이 터졌다.

부옥령은 단하를 쓸어보면서 차갑게 경고했다.

"지금부터 소리를 지르는 자는 즉결 처단 하겠다."

"어린년은 빠져라!"

"네년은 뭐냐?"

그러자 여기저기에서 욕설 섞인 고함이 터져 나왔다.

그 순간 소정원과 종초홍이 번쩍 신형을 날려 대연무장 허공으로 날아갔다.

부옥령이 손을 쓰려고 했는데 소정원과 종초홍이 먼저 나선 것이다.

그런데 두 여자만이 아니라 청랑과 은조, 옥소, 그리고 취봉 삼비까지 몸을 날려 검황천문 고수들 머리 위로 쏘아갔다.

검황천문 고수들은 느닷없이 여덟 명의 소녀들이 자신들 머리 위로 날아오자 움찔 놀라서 몸을 사렸다.

부옥령은 제일 먼저 날아간 소정원과 종초홍이 소리친 자를 공격하려는 것을 보고 재빨리 말했다.

"지금부터 떠드는 놈은 죽는다."

막 손을 쓰려던 소정원과 종초홍이 자신을 쳐다보자 부옥령은 가볍게 고개를 끄떡여 보였다.

단하에는 삼천여 명이나 운집했지만 숨소리조차 들리지 않을 정도로 고요했다.

여덟 명의 여자, 아니, 소녀들이 그들의 머리 위 이 장 높이에 떠 있으므로 어느 누군들 겁먹지 않겠는가.

더구나 그녀들은 한 곳에 정지한 것이 아니라 그 높이를 유지한 채 큰 원을 만들며 천천히 선회하기 시작했다.

그런 동작을 비슷하게 흉내조차 낼 능력이 없는 검황천문 고수들은 찍 소리도 못 한 채 어깨를 잔뜩 움츠렸다.

단상의 동방무건을 비롯한 동방일족들도 그 광경을 보며 질려 버린 표정을 지었다.

하나같이 십칠팔 세 나이로 보이는 소녀들이 저런 신기를 발휘하고 있는데 그녀들의 우두머리인 진천룡의 능력은 과연 어떨지 짐작조차 할 수가 없다.

동방무건은 조금 전보다 더 경직된 얼굴로 말문을 열었다.

"영웅문주는 나를 영웅문 남경지부의 지부주로 임명했소."

그의 말이 끝났지만 아무도 입을 열지 않고 부릅뜬 눈으로 그를 쏘아보기만 했다.

"여기까지요."

동방무건은 자신이 할 말은 다 했다는 듯 진천룡과 부옥령을 쳐다보았다.

부옥령은 그의 말에는 대꾸도 하지 않고 단하를 둘러보면서 말했다.

"떠나려는 자는 당장 떠나라."

잔잔하고 조용한 목소리지만 그녀의 말을 듣지 못한 사람은 아무도 없다.

부옥령의 말이 이어졌다.

"남는 자는 여태까지 이곳에서 받았던 대우의 다섯 배를 약속하겠다."

"아……."

"오……."

부옥령이 떠들지 말라고 경고했으나 여기저기에서 나직한 탄성이 흘러나왔다. 하지만 부옥령은 내버려두었다.

"본문이 접수한 방파와 문파에 속한 사람들이 어떤 대우를 받고 있는지에 대해서는 다들 잘 알 것이다."

영웅문 본문 사람들은 지상이 아닌 천국에서 살고 있으며, 영웅문에 자발적으로 흡수되거나 정복된 방파와 문파의 사람들마저도 본문 사람들에 준하는 대우를 받으며 호의호식한다는 소문은 전 무림에 떠들썩할 정도였다.

부옥령의 말은 좌중에 대단한 동요를 일으키기에 부족함이 없었다.

부옥령은 검황천문 고수들의 반응을 보고 입가에 흐릿한 미소를 머금었다.

"이곳 영웅문 남경지부 옆에 새로운 마을을 지어서 모두의 가족들을 거주하게 해주겠다."

"아아……."

"맙소사……."

조금 전보다 더 큰 탄성이 터져 나왔다.

항주 영웅문에는 영웅사문이라는 거대한 마을이 붙어 있어서 영웅문 사람이라면 어느 누구라도 그곳에서 살 수 있다는 소문은 코흘리개조차도 알고 있다.

어차피 무림이라는 곳에 뛰어든 인물이라면 대부분 돈 버는 것이 목적이다.

개중에는 정의나 협의, 구도 같은 것이 목적인 고수도 있지만 매우 드문 편이다.


일 각 후에 놀라운 일이 벌어졌다.

검황천문 삼천여 명의 고수들 중에서 떠나겠다는 자가 단 한 명도 나오지 않은 것이다.

진천룡과 부옥령은 결과를 대충 짐작했지만 설마 이럴 줄은 예상하지 못했었다.

부옥령이 진천룡의 손을 살짝 잡으며 미소 지었다.

"축하드려요."

강남 무림을 한 손에 쥐고 흔들었던 검황천문을 정복하고 남경지부로 삼았으니 엄청난 일이 아닐 수 없다.

진천룡은 온화한 미소를 지으며 부옥령의 엉덩이를 가볍게 두드렸다.

"수고했다."

"제가 뭘요."

부옥령은 행복함과 부끄러움에 얼굴을 살며시 붉혔다.

훈용강과 취봉삼비가 상의하면서 영웅문 남경지부의 지위와 조직을 편성하는 동안 진천룡과 부옥령 등은 검황벽 내의 동방장천 거처인 검황천각으로 들어갔다.

동방무건을 비롯한 동방일족은 심각한 얼굴로 동방장천 주위에 모여 있었다.

동방장천은 아까 진천룡과 일대일로 대결을 펼쳐서 패한 이후 여태까지 깨어나지 못하고 있었다.

동방장천의 삼부인이 의술에 조예가 있어서 그를 진맥해 보고는 고개를 절레절레 가로저었다.

"맥이 거의 잡히지 않아요. 태문주께선 소생하실 가망이 전혀 없어요."

그녀의 말에 모두 착잡한 표정을 지었으며 몇몇은 소리 죽여 울기 시작했다.

第二百章

공성지계(空城之計)

동방장천의 집무실에서 진천룡과 부옥령을 비롯한 측근들이 휴식하면서 대화를 하고 있다.

지금까지 한 일을 검토하고, 앞으로 해야 할 일들이 무엇인지 의논하는 것이다.

이들의 대화는 전음으로 이루어지고 있다. 같은 전각 안 조금 떨어진 방에 동방일족들이 있기 때문이다.

부옥령이 차를 마시면서 모두에게 말했다.

[이것으로 끝난 게 아니에요. 동량포구에 매복했다가 검황천문으로 돌아오고 있는 오천 명을 상대해야 해요.]

종초홍이 진지한 표정으로 진천룡과 부옥령을 번갈아 보면서 물었다.

[우린 팔천 명인데 왜 오천 명을 염려하는 건가요? 기다렸다가 때려잡으면 되는 것 아닌가요?]

부옥령은 대답하지 않고 진천룡을 쳐다보았다. 혹시 그가 알고 있을지도 모른다는 생각에서다.

부옥령의 뜻을 알아차린 진천룡은 조용한 음성으로 종초홍에게 설명했다.

[우리 세력이 어느 정도라는 것을 알면서도 오천 명을 보냈을 때에는 다 계산이 있는 것이다.]

부옥령은 진천룡이 정확하게 말하자 흐뭇한 미소를 지으며 보일 듯 말 듯 고개를 끄떡였다. 이럴 때의 그녀는 어머니이거나 큰누나 같은 모습이다.

종초홍은 눈을 반짝거렸다.

[무슨 계산이죠?]

[간단한 계산이지. 오천 명으로 팔천 명을 물리칠 수 있다는 뜻인 거야. 즉, 최정예라는 뜻이야.]

[아… 그렇군요.]

[더구나 동량포구 곳곳에 오천 명의 고수를 매복시켰다가 우리가 아무것도 모른 채 배를 타고 강을 건널 때 급습을 하면 어떻게 되겠어?]

종초홍은 적잖이 놀라는 표정을 지었다.

[수중고혼이 되겠군요.]

[그렇지. 그래서 우리가 척후를 보내 미리 그 사실을 알아내고 다른 길로 이곳에 온 거지.]

진천룡 옆에 앉은 부옥령은 그가 너무도 기특하고 대견해서 끌어안고 막 뽀뽀를 해주고 싶은 것을 겨우 참았다.

그 대신 탁자 아래로 그의 허벅지에 손을 얹고 부드럽게 쓰다듬었다.

잠자코 있던 소정원이 차분한 목소리로 말했다.

"영웅문으로 향하던 검황천문의 삼만 명도 있잖아요."

그녀가 육성으로 말하는 순간 부옥령은 무형막을 일으킨 다음 자신들 주위에 둥글게 쳐서 말이 새어 나가지 못하도록 했다.

"아……."

그걸 잠시 잊고 있었던 종초홍은 나직한 탄성을 흘리며 주먹으로 자신의 머리를 콩 때렸다.

검황천문에 진입해서 진천룡이 태문주를 쓰러뜨리고 모든 일이 일사천리 막힘없이 진행되자 들뜬 마음에 그걸 까맣게 망각하고 있었던 것이다.

종초홍은 갑자기 당황한 얼굴로 엉덩이를 들썩거렸다.

"어떻게 하죠? 삼만 명이 영웅문으로 가고 있는지 회군하고 있는지 알아봐야 하는 거 아닌가요?"

종초홍은 어려서 무림의 경험이 전혀 없는 탓에 이런 상황이 닥치면 당황해서 설레발을 쳤다.

그녀보다 조금 나이가 많은 청랑과 은조, 옥소, 그리고 취봉

삼비의 소가연은 무림의 경험이 풍부하고 싸움도 많이 해본 덕분에 이 정도는 기본 상식으로 알고 있다.

부옥령은 종초홍 때문에 진천룡 옆에 앉지 못한 소정원을 보며 넌지시 물었다.

"이럴 때 어찌해야 하는지 알겠어?"

소정원은 고개를 까딱했다.

"알지."

소정원은 부옥령이 아무리 영웅문의 좌호법이라고 해도 자신과 같은 여종의 입장인 데다 나이가 새파랗게 어려서 절대로 존대가 나오지 않았다.

그러나 부옥령은 이런 일로 발끈하는 성격이 아니다.

"말해봐라."

소정원은 상체를 앞으로 내밀어 두 팔꿈치를 탁자에 얹고 진천룡을 보면서 미소 지으며 말했다.

"영웅문으로 향하고 있는 검황천문 연합 세력 삼만 명의 향방을 알아내려는 방법은 두 가지겠지요. 하나는 동방일족을 족치는 것이고, 또 하나는 연합 세력을 감시하고 있는 영웅문 감시조의 연락이에요."

소정원을 보고 있는 진천룡은 오호! 제법인데? 하는 표정을 지었다.

소정원은 생긋 웃으면서 말을 이었다.

"천첩이 지켜본 바로는 우리가 동방일족을 족친 적은 없어요. 그런데도 주인님 표정이 평안하신 걸 보면 아마도 연합 세력 감시조에게서 전서구를 받으신 것 같군요."

"정확하다."

진천룡은 흡족하게 미소 지으며 고개를 끄떡였다.

진천룡은 연합 세력을 감시하는 영웅문의 감시조가 보낸 전서구를 아까 받았다.

전서구의 서찰에 의하면 연합 세력이 회군하여 검황천문으로 돌아오고 있다는 것이다.

그래서 부옥령이 영웅문의 고수들과 창파영 창파고수들로 하여금 연합 세력을 추격하라고 명령해 두었다.

부옥령은 흐뭇한 미소를 지으며 소정원에게 물었다.

"그리고 또 무엇을 아느냐?"

그런데도 소정원은 득의만면한 표정이 아니라 겸손하면서도 수줍은 얼굴로 말했다.

"아는 것이 아니라 짐작하는 것이지."

깐깐함으로 치면 따를 사람이 없는 부옥령이지만 소정원의 지적에 고개를 끄떡였다.

"네 말이 옳다. 너는 본 적이 없으므로 순전히 짐작과 상상에 의해야겠지."

부옥령은 공과 사를 잘 구분하는 사람이다. 그녀는 소정원이 매우 똑똑하고 총명하다는 점을 높이 평가했다.

그래서 그녀가 이따금 얄밉게 구는 점을 충분히 덮어줄 수 있다고 생각했다.

"더 짐작하는 것을 말해봐라."

소정원이 무엇을 알고 있는지를 듣는 것보다, 부옥령이 놓치고 있는 부분을 혹시 소정원이 생각하고 있을지 모르기 때문에 자꾸 말을 시키는 것이다.

부옥령이 물었지만 소정원은 진천룡을 보면서 생글생글 웃으며 말했다.

"천첩의 소견으로는 연합 세력이 이곳의 상황을 이미 알고 있을 것 같아요."

"연합 세력이 그걸 어떻게 알아요?"

종초홍이 말도 안 된다는 듯 뾰족하게 외쳤다.

그러나 진천룡과 부옥령, 소정원은 종초홍의 물음에 대답을 하지 않았을 뿐만 아니라 관심도 보이지 않고 오로지 소정원에게만 관심이 집중되어 있었다.

이번에는 진천룡이 온화한 미소를 지으며 소정원에게 물었다.

"그래서 연합 세력이 어떻게 할 것 같으냐?"

종초홍은 아! 하는 표정을 지으며 당황했다. 그녀는 자신이 빠른 속도로 세 사람의 관심에서 떨어져 나가고 있음을 느꼈다.

그녀는 진천룡과 부옥령이 소정원을 보고 있는데 두 사람 얼굴에 기특함과 대견함이 떠올라 있는 것을 발견하고 갑자기 깊은 상실감을 맛보았다.

태어나서 지금 같은 상황에 이런 기분에 빠지는 것은 처음이었다.

"천첩이라면……."

소정원은 크고 아름다운 눈을 반개하면서 깊은 생각에 잠기는 표정을 지었는데 그 모습이 몸서리가 쳐지도록 아름다웠다.

그때 부옥령이 종초홍을 손짓으로 밀어내는 시늉을 했다.

"원아, 너 주군께 가까이 와라. 홍아, 넌 원아하고 자리를 바꿔라."

"네."

소정원은 발딱 일어나서 뒤로 물러나 종초홍이 비켜주기를 기다렸다.

그러나 종초홍은 심한 충격을 받은 듯 머리가 텅 비어서 우두커니 앉아 있었다.

모든 일에 영특하고 배려심이 깊은 소정원이지만 지금은 진천룡 옆에 앉을 수 있다는 사실만이 머릿속에 가득 차서 종초홍의 심정을 헤아리지 못했다.

"홍아, 어서 일어나."

"아… 네."

종초홍이 엉거주춤 일어나자 소정원은 아무렇지도 않게 그 자리에 냉큼 앉았다.

종초홍이 소정원이 앉았던 자리에 앉으면서 보니까 진천룡과 부옥령은 온통 소정원에게만 관심이 집중되어 있었다.

'너무해……'

종초홍은 갑자기 울컥! 알 수 없는 슬픔이 치밀어 올라서 얼른 다른 곳을 쳐다보았다.

부옥령은 종초홍의 행동을 하나도 놓치지 않고 보고 있지만 그녀를 달래주지 않았다.

그럴 마음이 있기는 하지만 그래서는 안 된다. 여긴 그녀의 집이 아니기 때문이다.

소정원은 진천룡을 바라보다가 그와 눈이 마주치자 행복에 겨운 듯 몸을 바르르 떨면서 눈웃음을 지었다.

'저렇게 좋을까……?'

부옥령은 소정원을 보면서 미소를 지었다.

"그래, 말해봐라. 너라면 어쩌겠느냐?"

"아……."

진천룡이 별 뜻 없이 손을 소정원의 허벅지에 얹으면서 말하자 그녀는 심장에 창이 깊숙이 찔린 것처럼 놀라며 눈을 한껏 크게 떴다.

소정원이 놀라는 것을 본 진천룡은 왜 그러는지 몰라서 눈으로 왜 그러느냐고 물었다.

그러자 소정원은 대답하지 않고 사랑이 듬뿍 담긴 눈빛으로 그를 바라보며 얼굴을 사르르 붉혔다.

"너는……."

그때 부옥령이 핀잔하는 목소리로 말하려는 것을 진천룡이 말렸다.

어떤 방법을 썼느냐면 부옥령 허벅지를 꽉 움켜잡은 것이다.

'아악!'

얼마나 세게 움켜잡았는지 부옥령은 허벅지 살이 뭉텅 떨어져 나가는 것만 같았다.

진천룡은 반대로 소정원의 허벅지는 살살 부드럽게 쓰다듬으면서 미소 지었다.

"그래서, 말해봐라."

"네… 천첩이라면 둘을 합치겠어요."

부옥령은 자신의 허벅지를 움켜잡은 진천룡의 커다란 손등을 살짝 꼬집으며 의아한 표정을 지었다.

"둘을? 둘이 뭐지?"

진천룡이 태연하게 대답했다.

"연합 세력과 동량포구에서 돌아오는 세력이지."

"아……."

부옥령은 커다란 쇠망치로 뒤통수를 호되게 얻어맞은 거센 충격을 받았다.

소정원은 자신의 허벅지에 얹은 진천룡의 손등에 손을 얹고 배시시 미소 지으며 말했다.

"아마 이곳 검황천문 내에서 그것을 조종하는 인물이 있을 가능성이 커요."

"그런……."

부옥령이 따라가기에는 소정원이 너무 앞서 나가고 있다. 부옥령은 거기까지는 생각이 아니라 신경조차 쓰지 않았다.

"지금 현재 검황천문의 핵심은 안이 아니라 밖에 있어요. 우린 검황천문 껍데기를 장악한 것이고요."

"너 정말 똑똑하구나."

진천룡은 소정원의 머리를 쓰다듬으며 칭찬을 하다가 고개를 갸웃거렸다.

"그런데 이렇게 똑똑한 사람이 어째서 검황천문 농간에 놀아난 것이냐?"

소정원은 부끄러운 표정을 지었다.

"천첩이 귀가 좀 얇아서 남의 말을 잘 들어요."

"그런 것 같구나."

진천룡이 머리를 쓰다듬던 손을 내리자 소정원은 얼른 그의 손을 잡아다가 자신의 허벅지에 올려놓았다.

"우리가 가장 염려해야 할 일은 연합 세력과 동량포구 세력이 합쳐지는 것이에요."

진천룡은 고개를 끄떡였다.

"그렇겠지."

종초홍은 변방에 밀려난 심정으로 눈물이 흐르는 것을 어쩌지 못한 채 아무도 모르게 눈물을 닦아내느라 여념이 없었다.

이제 부옥령은 종초홍에게 관심을 갖지 않았다. 소정원의 총명함이 상상 이상으로 뛰어나기 때문에 그녀의 말에 잔뜩 귀를 기울였다.

"만약 이곳 검황천문 내에서 지금의 상황을 시시각각 외부로 알리고 있는 인물이 있다면 그자를 한시바삐 찾아내는 일이 급선무예요."

"그렇구나."

진천룡이 고개를 끄떡이고 부옥령을 쳐다보는데도 그녀는 움직이지 않고 소정원만 주시하고 있다.

"령아."

진천룡이 부르자 부옥령은 그의 손등에 얹은 손에 약간의 힘을 주었다.

"잠시 기다려 보세요."

그러고는 소정원에게 고개를 끄떡여 보였다.

"우린 어떻게 해야 하겠느냐?"

부옥령이 지금 상황에 대해서 소정원에게 묻는 것을 이상하게 여기는 사람은 종초홍 한 사람뿐이다.

이쯤 되면 부담감 때문에 어려워할 만도 한데 소정원은 전혀 그런 기색 없이 눈을 빛내며 말했다.

"여길 비우는 게 좋겠어요."

"비운다?"

\* \* \*

"공성지계(空城之計)를 쓰자는 말이냐?"

"너 똑똑하네?"

부옥령의 말에 소정원은 기특한 아이에게 머리를 쓰다듬는 것처럼 칭찬을 해주었다.

부옥령은 아무 말도 하지 말라는 손짓을 하고는 무형막을 걷고 근처에 있는 훈용강에게 다가갔다.

그녀는 자신들이 나누었던 대화를 훈용강에게 설명하고 검황천문 내에서 밖으로 연락을 취하는 인물을 찾아내라고 전음으로 지시를 했다.

[할 수 있겠어?]

[일단 해보겠습니다.]

훈용강은 빙그레 미소 지었다. 그는 장로가 됐으면서도 부옥령에게는 예전처럼 공손했다.

부옥령은 훈용강의 어깨를 두드려 주었다.

[그럼 수고해.]

그녀는 날이 갈수록 훈용강이 믿음직스러웠다. 그가 예전에 사파지존이었다는 사실이 믿어지지 않을 만큼 그는 모든 면에서 건실한 인물이 되었다.

훈용강이 많이 굽히고 양보하는 덕분에 두 사람의 관계가 돈독해진 것이다.

현재의 그는 부옥령과 함께 진천룡의 한쪽 팔 역할을 충실히 해내고 있다.

부옥령은 자신의 자리로 돌아와서 다시 무형막을 치다가 종초홍이 다른 곳을 바라보고 있는 모습을 발견했다.

종초홍은 세상의 슬픔은 혼자서 다 간직하고 있는 것처럼 슬퍼 보였다.

그러나 지금 종초홍이 직면한 문제는 부옥령이 아니라 세월이 해결해 줄 것이기에 그냥 내버려 두었다.

종초홍의 문제란 진천룡을 사랑하고 있다는 것이다. 그녀가 누구에게 말하지 않아도 그녀의 표정과 행동만 보면 누구나 다 알 수 있다.

진천룡은 소정원에게 고개를 끄떡였다.

"알았다. 그럼 그렇게 하자."

부옥령은 자신이 훈용강을 만나고 온 사이에 진천룡과 소정원이 전음으로 대화를 나누었음을 깨달았다.

"뭘 그렇게 해요?"

진천룡은 그녀의 말을 듣지 못한 듯 소정원과의 대화에 빠져 있었다.

"지금 이 시간부터 이 작전에 대해서는 전적으로 너에게 지휘권을 주마."

부옥령이 잠시 자리를 비운 그사이에 진도가 많이 나간 모양이다. 무슨 말을 하는 것인지 알아들을 수가 없다.

부옥령은 진천룡 허벅지에 다정하게 손을 얹으면서 물었다.

"무슨 일이에요?"

"넌 몰라도 된다."

부옥령은 진천룡의 허벅지를 살짝 꼬집으며 전음을 했다.

[정말 그러기예요?]

그가 농담으로 그렇게 말한 것을 뻔히 알기에 부옥령은 아무렇지도 않았다.

진천룡은 빙그레 웃으며 소정원의 머리를 쓰다듬었다.

"원아가 아주 총명해."

"그래요?"

단순하고 순진한 진천룡은 소정원이 십칠 세 어린 소녀라고만 생각했다.

그는 소정원이 사십 대였던 것을 거의 본 적이 없었다. 그가 남창에서 그녀를 처음 봤을 때는 피투성이에 사경을 헤매고 있는 모습이었다.

중상을 입은 그녀를 씻길 겨를조차 없이 급하게 안고 왔기 때문이다.

그 이후에 급히 그녀를 살려주고 나서 내리 임독양맥을 소통시켜 주어 반로환동의 경지에 이르게 했으므로 그녀의 진면목을 보지 못했었다.

그렇기 때문에 진천룡의 눈과 뇌리에는 지금 소정원의 십칠 세 천하절색 미모만이 각인되어 있는 것이다.

부옥령이 넌지시 보니까 소정원은 진천룡에게 한 몸처럼 바싹 붙어 앉아서 그의 팔을 두 팔로 잡아 가슴에 꼭 안고 있었다.

부옥령은 순간적으로 질투심이 울컥 치밀어 올랐다가 곧 사그라들었다.

소정원이 그러는 것을 충분히 이해할 수 있기 때문이다. 부옥령은 욕심이 모든 싸움과 패망의 원인이라는 사실을 일찍부터 깨닫고 있었다.

부옥령은 현명한 여자다. 그녀는 질투를 하는 대신 포용을 보여주었다.

"원아가 어떤 계획을 말하던가요?"

살짝이 미소까지 지으면서 물어보았다.

진천룡은 미소 지으며 소정원에게 말했다.

"원아, 네가 령아에게 직접 설명해 줘라."

소정원은 진천룡 앞쪽으로 상체를 기울여서 부옥령을 보며 말했다.

"너, 이곳에서 외부로 연락을 취하고 있는 인물을 찾아내라고 조금 전에 지시했지?"

"그래."

소정원은 매우 자연스럽게 하대를 했고, 부옥령도 편하게 받아들였다.

"그 인물을 찾아낼 수 있을 것 같아?"

"운이 좋으면 그럴 거야."

소정원은 부옥령을 쳐다보느라 얼굴을 그녀 쪽으로 내밀면서 자연스럽게 진천룡 가슴에 뺨을 비비면서 말했다.

"그 인물을 찾아내면 그자를 제압해서 외부의 세력에게 가짜 서찰을 보내도록 하는 거야."

"아……."

부옥령은 자신이 전혀 생각하지 못했던 기발한 생각이라서 나직하게 탄성을 터뜨렸다.

가짜 서찰의 내용을 어떻게 작성하느냐는 그다음의 일이고, 이런 기발한 발상에 부옥령은 감탄을 금치 못했다.

가짜 서찰의 내용을 어떻게 쓰든지 간에 외부에 있는 검황천문 세력을 어디론가 유인한 후에 급습하여 한꺼번에 때려잡을 수만 있으면 되는 것이다.

부옥령은 문득 종초홍이 대화에 끼어들고 싶어 하는 표정을 읽었다.

종초홍은 소정원 바로 옆에 앉아 있으면서도 망망한 절해고도에 따로 떨어져 있는 것처럼 느껴졌다.

그런데 부옥령보다 먼저 진천룡이 종초홍에게 부드러운 목소리로 말했다.

"홍아, 할 말이 있는 것이냐?"

"저기……."

종초홍은 머뭇거리며 눈치를 살폈다. 그녀는 줄곧 자신이 끼어들 기회를 엿보고 있었던 것이다.

진천룡은 빙그레 미소 지었다.

"괜찮으니까 말해봐라."

사실 종초홍은 이들의 대화를 모두 듣고 있었다. 그러다가

어떤 생각이 났는데 그걸 말했다가 괜히 면박이라도 당할까
봐 주저하다가 진천룡의 말에 용기를 냈다.

"저는… 아니, 천첩은 아까 검황천문 사람들이 무척 기뻐하
는 모습을 봤어요."

그녀는 소정원이 스스로를 '천첩'이라고 칭하는 것을 들었기
에 자신도 그렇게 했다.

종초홍이 밑도 끝도 없이 말하자 세 사람은 무슨 뜻인지 알
지 못했다.

"뭐가 말이냐?"

종초홍은 부옥령을 한 번 보고 나서 다시 진천룡을 보며 말
을 이었다.

"이곳 사람들에게 영웅문과 같은 대우를 해주겠다는 말을
했을 때 말이에요."

진천룡과 부옥령으로서는 전혀 생각해 본 적이 없는 내용이
종초홍의 입에서 나오고 있다.

"그런 말을 듣고는 이곳의 사람들이 몹시 기뻐하는 모습을
보았어요."

"그랬었느냐?"

진천룡이 흐뭇한 미소를 지었고, 부옥령은 종초홍의 말이
이게 다가 아니라고 생각했다.

"그게 어떻다는 것이지?"

부옥령의 물음을 꾸짖는 것으로 받아들인 종초홍은 기가

죽어서 어깨를 움츠렸다.

"그냥… 그렇다는 거예요."

그러나 진천룡은 종초홍이 할 말을 다 하지 않았을 것이라고 생각했다.

"홍아, 괜찮으니까 말해라."

그는 종초홍이 부옥령의 눈치를 살피는 걸 보고 빙그레 웃으며 부옥령의 머리를 쓰다듬었다.

"령아는 원래 속으로는 그렇지 않은데 말투만 차갑게 떽떽거리는 것이니까 신경 쓰지 마라."

'떽떽?'

부옥령은 이날까지 살아오면서 자기더러 떽떽거린다고 말하는 사람을 지금 처음 봤다. 그러나 그렇게 말한 사람이 진천룡이기에 아무렇지도 않았다.

진천룡은 종초홍이 무슨 기발한 방법을 떠올렸을 것이라고는 기대하지 않았다.

다만 그녀가 겉도는 것 같아서 잠시 다독거려 주려는 의도일 뿐이다.

종초홍은 용기를 내서 말문을 열었다.

"제가 검황천문의 사람이라면 어떤 마음이 들었을까를 생각해 봤어요."

"네가 검황천문 사람이라면?"

"네."

진천룡과 부옥령은 그런 생각을 해본 적이 없다. 그럴 이유가 없기 때문이다.

"저라면 정식으로 영웅문 사람이 되고 싶을 것 같아요. 영웅문 남경지부 휘하가 아니라 정식 영웅문 사람인 영웅문도(英雄門徒) 말이에요."

"그런가?"

"무림인이라면 어느 누구라도 항주 영웅문 사람이 되는 것을 꿈꾸면서 목표로 삼는다고 들었어요."

종초홍은 한가할 때 청랑, 은조, 영웅호위대 사람들과 대화를 나누었는데 그들에게 그런 얘기를 들었다.

진천룡은 흡족한 마음이 들어서 엷은 미소를 지었다. 영웅문 내에서는 휘하의 모든 사람들에게 최고의 대우를 해주고 있기 때문에 무림인들이 영웅문의 밥을 먹겠다고 하루에도 수백 명씩 찾아온다는 보고를 진작 들었다.

그렇지만 영웅문은 아무나 선발하지 않는다. 하루에 수백 명이 찾아오지만 대부분 헛물만 켜고 발길을 돌리기 일쑤다. 영웅문이 요구하는 합격선을 넘는 것이 낙타가 바늘구멍으로 들어가는 것만큼이나 어렵기 때문이다.

종초홍은 눈을 반짝거리면서도 수줍게 말했다.

"그들에게 진짜 영웅문 사람이 될 수 있는 기회를 주겠다고 해보세요."

진천룡은 종초홍의 말이 일리가 있다고 생각했다.

"그렇게 해서 그들을 이용하자는 것이냐?"

종초홍은 고개를 끄떡였다.

"맞아요. 그렇게 해주면 그들은 진심에서 우러나는 마음으로 우리를 도우려고 할 거예요."

진천룡은 진지한 표정으로 고개를 끄떡였다.

"흐음… 홍아의 말은 흘려 넘길 게 아니다. 한번 깊이 생각해 보자꾸나."

그때 문이 열리고 훈용강이 들어오는 걸 보고 부옥령이 손짓으로 불렀다.

훈용강은 부옥령이 무엇을 물으려고 하는지 짐작하고 먼저 말문을 열었다.

"시간이 좀 걸릴 것 같습니다."

그럴 것이라고 예상했던 부옥령이 물었다.

"무슨 방법을 썼지?"

"외부와 은밀하게 연락을 취하는 자가 누군지 알려주면 상금을 두둑하게 주겠다고 모두에게 알렸습니다."

부옥령은 고개를 끄떡였다.

"괜찮은 방법이로군. 돈은 만고의 진리니까 말이야."

그러나 그녀는 곧 애매한 표정을 지으며 말을 이었다.

"그렇지만 그건 시간이 오래 걸린다는 단점이 있어. 검황천문 외부 세력은 곧 들이닥칠 거야."

훈용강은 머쓱한 얼굴로 뒷머리를 만졌다.

"그렇습니다."

그는 아까 부옥령에게 걱정하지 말라며 큰소리치고 나갔지만 막상 부딪쳐 보니까 그리 만만한 게 아니었다.

만약 시일이 넉넉하기만 하면 무조건 알아낼 수 있다. 돈이면 안 되는 일이 없기 때문이다.

그러나 지금은 최대한 빨리 알아내야 하기 때문에 벽에 부닥친 것이다.

진천룡과 부옥령은 빙그레 미소 지었다. 종초홍이 생각해낸 방법이 지금이야말로 시기적절하게 필요해졌기 때문이다.

부옥령이 무형막을 걷자 기다렸다는 듯이 어디선가 여러 명이 흐느껴 우는 소리가 들려왔다.

"동방일족들이 있는 방이에요."

부옥령이 말하면서 먼저 일어나 문으로 걸어갔다.


진천룡 일행이 들어간 방에는 침상에 동방장천이 반듯한 자세로 누워 있으며, 동방일족들이 침상 주위에 모여서 구슬프게 흐느껴 울고 있었다.

이 방으로 오기 전에 진천룡과 부옥령은 무슨 일인지 이미 짐작을 했다.

동방일족들은 중상을 당했던 동방장천이 끝내 죽었기 때문에 슬피 울고 있는 것이다.

장남인 동방무건을 비롯한 동방일족들은 슬픔에 잠겨 있어서 진천룡 일행이 들어온 사실도 알지 못했다.

진천룡은 잠시 그들을 응시하다가 몸을 돌려 밖으로 나갔다. 그는 동방장천의 죽음에 일말의 애석함도 느끼지 못했다. 지난날에 동방장천이 얼마나 영웅문을 괴롭혔는지를 생각한다면 당연한 일이다.

부옥령이 진천룡의 옷깃을 살짝 잡아당기며 전음을 보냈다.

[그냥 갈 거예요?]

진천룡은 걸음을 멈추고 무슨 뜻이냐는 표정을 지으며 부옥령을 돌아보았다.

부옥령은 방 안을 보면서 전음을 이었다.

[동방장천은 이용 가치가 있어요.]

[이용 가치?]

[살려둔다면 말이죠.]

세상일에는 한번 저지른 뒤에 도저히 복구할 수 없는 일이 있고, 저지르지 않았기에 복구할 필요가 없는 일이 있다.

만약 동방장천의 죽음을 방치한다면 나중에 그를 필요로 하는 일이 생기더라도 절대로 그럴 수가 없게 된다. 하지만 살려두면 그를 유용하게 쓸 일이 생길지도 모른다.

第二百一章

위융

　진천룡은 몸을 돌려 다시 방 안으로 들어갔다.

　그의 뒤를 부옥령과 소정원, 종초홍 세 여자만 따랐다.

　부옥령은 동방장천에게 직접 손을 대보지도 않았지만 아직 그가 마지막 가느다란 생명의 줄을 놓지 않고 있다는 사실을 감지했다.

　동방일족들은 동방장천이 누워 있는 침상 주변에서 슬피 우느라 진천룡 등이 등 뒤로 가까이 다가왔다는 사실도 모르고 있었다.

　부옥령이 그들에게 뭐라고 말하려는데 소정원이 먼저 냉랭한 목소리로 말했다.

"비켜라."

창파영주인 그는 일파지존이기에 은연중에 만인을 압도하는 기도가 풍기고 목소리에도 힘이 담겨 있다.

진천룡은 그러려니 하면서 지나쳤으나 부옥령은 새삼스러운 표정으로 소정원을 쳐다보았다.

동방일족들은 깜짝 놀라서 뒤돌아보다가 진천룡을 발견하고 비척거리면서 자리를 비켜주었다.

그들은 진천룡을 쳐다보면서 일말의 원망이 담긴 표정이나 분노하는 표정을 지었다.

어쨌든 진천룡이 동방장천과 일대일로 싸워서 죽게 만들었기 때문이다.

진천룡은 동방장천에게 손을 대보지 않고서도 그가 아직은 죽지 않았다는 사실을 감지했다.

사람이 죽는 것은 그렇게 쉬운 일이 아니다. 보통 사람들은 환자가 숨을 쉬지 않고 심장이 뛰지 않으면 죽었다고 판단한다.

그렇지만 의원은 환자가 그런 상태라고 해도 진맥을 해봐서 맥이 뛰지 않아야지만 죽었다는 진단을 한다.

그런데 진천룡이나 부옥령처럼 화경에 이른 절대고수가 보면 또 다르다.

환자의 숨이 끊어지고 심장이 뛰지 않으며 맥이 잡히지 않더라도 몸에 원기(元氣)가 조금이라도 남아 있으면 아직 생존해 있는 것으로 판단한다.

인간은 태어나면서부터 원기를 지니게 되는데 점점 성장하면서 그것에서 잠력(潛力)이 생겨나고 또 무공을 연마하면 공력이 생성된다.

그래서 무림인들은 몸에 원기와 잠력, 공력, 세 가지를 동시에 지니고 있는 것이다.

진천룡이나 부옥령 같은 절대고수가 봤을 때 환자의 몸에서 원기마저도 다 빠져나가면 그때 죽었다고 판단하는 것이다.

그런데 동방장천은 공력과 잠력이 소멸되었고, 원기마저도 거의 소진됐으나 아주 미미하게 한 움큼이 남아 있는 것을 진천룡과 부옥령은 감지한 것이다.

그렇다고 해도 동방장천을 이대로 방치하면 한 시진 이내에 원기가 완전히 소멸되어 정말로 죽고 만다.

어쨌든 지금 진천룡이 손을 쓴다면 동방장천을 살릴 수가 있다. 죽은 사람도 살리는 그가 아니던가.

울어서 눈이 붉어진 동방무건이 침통한 얼굴로 진천룡에게 말했다.

"무슨 일입니까?"

진천룡은 동방장천을 굽어보며 말했다.

"네 아버지를 살려주마."

"그게 무슨……."

동방무건은 어이없는 표정을 지었다가 진천룡이 자신들을 농락하는 것이라는 생각이 들자 불쾌한 표정을 지었다.

"돌아가신 분을 조롱하지 마십시오."

휘익!

"앗!"

그때 동방무건의 몸이 뒤로 붕 날아갔다.

그랬다가 등이 벽에 부딪치기 직전에 뚝 멈춰서 스르르 바닥에 내려졌다.

턱…….

두 발바닥이 바닥에 닿은 그는 중심을 잡으려고 비틀거렸다.

사실 종초홍이 무형지기로 동방무건을 치워 버린 것이었지만 동방일족들은 그런 사실을 전혀 몰랐다.

슥—

진천룡은 침상 옆에 놓인 의자에 앉아서 손을 뻗어 동방무건의 손목을 잡았다.

진천룡 좌우에는 부옥령과 소정원, 종초홍이 포진하여 그를 호위했다.

동방무건의 아내 보교진이 부옥령 옆에서 지켜보며 조심스럽게 물었다.

"정말 아버님을 살릴 수 있나요?"

소정원이 차갑게 말했다.

"주인님께서 네 아비를 살리실지 못 살리실지 지켜보면 알 것 아니겠느냐?"

소정원의 서릿발 같은 태도에 보교진은 본전도 못 건지고 찔끔해서 입을 다물었다.

동방일족들이 긴장한 얼굴로 지켜보고 있는데 동방무건이 뒤쪽에서 다가와 어깨 너머로 진천룡과 동방장천을 보았다.

동방무건은 어제까지만 해도 강남 무림의 절대자인 검황천문의 후계자라는 찬란한 신분이었으나 지금은 영웅문주 진천룡에게 충성을 맹세한 수하가 되었다. 하룻밤 사이에 구름 위에서 땅으로 추락한 것이다.

진천룡은 동방장천의 손목을 잡고 소량의 순정기를 천천히 주입했다.

그 즉시 동방장천의 원기와 잠력이 되살아나더니 세 호흡 뒤에는 맥이 뛰었고 뒤이어서 심장이 박동하기 시작했다.

"으음……."

그러고는 동방장천의 입에서 미약한 신음이 흘러나오자 동방일족들은 놀라서 탄성을 터뜨렸다.

"아앗! 아버님!"

"아아! 소생하셨어요……!"

"세상에… 어떻게 이런 일이……."

진천룡이 손을 떼고 뒤로 물러서자 동방일족이 동방장천에게 우르르 몰려들었다.

동방장천은 뺨을 씰룩거리고 눈과 입술을 떨더니 잠시 후에 힘겹게 눈을 떴다.

"아버님!"

"아버지!"

동방일족들은 울음을 터뜨리면서 기쁨의 외침을 내질렀다.

부옥령은 뒤로 물러난 진천룡 옆으로 가서 기특하다는 표정을 지으며 손바닥으로 그의 엉덩이를 툭툭 두드려 주었다.

[아유~ 예뻐라~! 동방장천을 숨만 간신히 붙어 있게 하신건 정말 잘하셨어요.]

부옥령은 진천룡이 동방장천을 치료해서 중상을 입기 전의상태로 환원시킬 것이라고 예상했었다.

부옥령은 그걸 조금 염려하고 있었는데 진천룡이 알아서 동방장천의 목숨만 겨우 붙여놓은 것이다.

동방장천을 원래대로 환원시켜 놓으면 여러모로 곤란하기때문에 겨우 숨을 쉬고 눈만 뜰 수 있게끔 한 것이다.

그런데도 동방일족들은 동방장천이 소생했다고 이번에는 기쁨의 눈물을 펑펑 흘렸다.

진천룡은 동방일족들이 기쁨을 누리느라 정신이 없는 사이에 잠자코 방을 나갔고 부옥령 등이 뒤따랐다.


평소에는 동방장천이 사용했던 크고 화려한 접객실에 진천룡 일행이 편안하게 자리를 잡았다.

부옥령이 창밖을 보고 나서 진천룡에게 넌지시 물었다.

"한잔하실래요?"

그렇게 많은 일들이 일어났지만 이제 겨우 정오를 막 지나고 있을 뿐이다. 새벽부터 검황천문 공격을 서둘렀기 때문이다.

술이라는 말에 진천룡은 벌써 입안에 군침이 도는 표정을 지었다.

"그럴까?"

부옥령은 조금 떨어진 곳에 서 있는 청랑과 은조 중에서 은조를 불렀다.

"조야."

은조는 재빨리 달려와서 부옥령 옆에 공손히 시립했다.

"하명하세요."

"점심 식사를 할 겸 술상을 차리라고 일러라."

"알겠습니다."

은조는 대답의 여운이 아직도 귓가에 남아 있을 때 이미 동방일족들이 있는 방에 들어서고 있었다.

은조는 자신을 쳐다보는 동방일족들 중에서 동방무건의 아내인 보교진을 가리켰다.

"너, 이리 와라."

보교진은 머뭇거렸다.

"왜 그러죠?"

동방일족들은 은조가 누군지 모르고 단지 진천룡의 측근이라고만 알고 있을 뿐이다.

은조의 얼굴이 싸늘해졌다.

"오라면 올 것이지 말이 많구나."

그때 둘째 며느리가 나서서 보교진을 팔로 제지하며 은조에게 말했다.

"당신이 뭔데 사람을 오라 가라 하는 거죠? 대체 당신 신분이 뭔가요?"

은조는 냉랭하게 대답했다.

"나는 영웅문주의 호위고수다."

둘째 며느리 연초아(淵草芽)는 은조의 신분을 알고는 차갑게 코웃음을 쳤다.

"흥! 호위고수 따위가 감히 언니에게 명령을 하는 것이냐?"

여기에 있는 동방일족들은 아까까지만 해도 눈에 보이는 것이 없는 신분이었기에 영웅문주의 호위고수를 거지발싸개처럼 여겼다.

연초아만이 아니라 여기에 있는 동방일족 모두 영웅문주의 호위고수를 대수롭지 않게 여겼다.

하긴 다른 방파나 문파에서는 수장의 호위고수를 그저 평범한 고수보다 조금 나은 존재 정도로만 인정해 주고 있었으니 그럴 만도 했다..

은조는 어이가 없어서 코웃음이 나왔다.

"흐흥! 네년이 아까 제대로 뜨거운 맛을 보지 못했었구나."

아까 연초아는 겁 없이 나섰다가 칠팔 장 떨어진 거리에서 소정원이 무형경력을 발출하여 가슴에 적중시켜서 나가떨어지게 했었다.

그때 소정원은 단지 나가떨어질 정도로만 손속에 인정을 두었기 때문에 연초아는 가슴에 시퍼렇게 멍만 들었을 뿐 내상은 입지 않았었다.

그래서 연초아는 진천룡을 제외한 측근들은 별다른 실력이 없는 것이라고 오판을 하고 있었다.

은조가 아까의 볼썽사나운 일을 입에 올리자 연초아는 발끈해서 얼굴이 빨개지며 노성을 내질렀다.

"닥쳐라! 아까는 내가 방심을 하고 있다가 어처구니없게 당했을 뿐이다. 정식이라면 당했을 리가 없다!"

"너는 아까 네가 누구에게 당했는지나 알고 있는 것이냐?"

"그건……."

연초아는 대답하지 못하고 말을 흐렸다. 연초아뿐만 아니라 이곳에 있는 어느 누구도 그녀가 누구에게 일장을 당했는지 보지 못했었다.

은조는 비웃음을 흘리면서 한껏 비웃었다.

"네년은 목숨이 열 개라도 소용이 없겠다."

"그… 그게 무슨 소리냐?"

"자신이 누구에게 당했는지 깨달으려면 열 번쯤 죽어봐야 하지 않겠느냐?"

"너……."

연초아는 분노와 수치심으로 얼굴이 새하얗게 질렸다가 급기야 은조를 향해 곧장 쏘아갔다.

"죽어라, 이년!"

차창!

연초아는 호통과 함께 어깨의 검을 뽑으며 어느새 오 장 거리를 이 장으로 좁히면서 치켜든 검으로 은조의 머리를 쪼개어갔다.

명문대파 무가의 딸인 연초아는 특급 일류고수 수준의 실력이라서 평소에는 많은 고수들을 눈 아래로 깔보았었다.

연초아가 은조에게 쇄도하는 동작이 워낙 빠른 급습인 데다 그녀의 실력이 출중했기에 동방일족은 은조가 어김없이 당할 것이라고 예상했다.

그들의 예상을 증명이라도 하듯이 은조는 두 손을 아래로 내린 채 연초아를 바라보고만 있을 뿐 피할 생각조차 하지 못하고 있었다.

최소한 동방일족들이 보기에는 그랬다. 그들은 이 순간 일말의 통쾌함마저 느끼고 있었다.

하지만 그들은 은조의 눈 깊은 곳에서 은은한 살광이 일렁이는 것을 발견하지 못했다.

키이잉!

연초아가 일 장까지 쇄도하고 그녀의 검이 세로로 빛처럼 그어 내릴 때에야 은조는 왼손을 느릿하게 앞으로 뻗었다.

동방일족들에겐 은조의 동작이 느릿하게 보였으나 사실 은조의 장심에서는 이미 오기조원에 달하는 삼백오십 년 공력의 강기가 뿜어지고 있었다.

[죽이지 마라.]

"……!"

그런데 그때 은조의 귓속으로 부옥령의 전음이 파고들었다.

은조는 흠칫하여 그 즉시 강기를 풀고 대신 접인신공을 발휘했다.

저궁…….

"우읏……!"

바닥에서 일곱 자 높이 허공에 뜬 채 내리꽂히던 연초아의 몸이 뚝 멈춰졌다.

스으으…….

이어서 마혈이 제압된 것처럼 뻣뻣해진 연초아가 허공을 둥둥 떠서 은조에게 끌려갔다.

"아아……."

"맙소사… 허공섭물이라니……."

동방일족들은 그 광경을 보면서 이가 시린 신음을 흘려냈다.

정작 끌려가고 있는 연초아는 눈을 부릅뜨고 처절한 비명을 내질렀다.

"아아악! 무슨 짓을 하는 것이냐?"

그녀는 보이지 않는 무형의 밧줄에서 벗어나려고 미친 듯이 몸을 꿈틀거렸지만 꼼짝도 하지 않았다.

결국 연초아는 은조의 왼손에 목이 움켜잡히고 말았다.

콱!

"끄윽……!"

　　　　　　*　　　　　　*　　　　　　*

연초아는 피가 통하지 않아서 얼굴이 시뻘겋게 변해 금방이라도 터질 것만 같은 모습이다.

동방일족들은 방금 전에 은조가 허공섭물의 신기를 발휘하는 것을 보았지만 연초아가 당하는 것을 보고 있을 수만은 없어서 여섯 명이 한꺼번에 합공을 전개했다.

차차창!

"그녀를 놔주시오!"

"당장 놓지 못하겠느냐?"

전방에서 여섯 자루의 검들이 맹렬하게 그어대고 찔러오자 사나운 검풍이 은조의 살을 엘 듯이 불어왔다.

그로 미루어 동방일족들은 최소한 검풍을 발휘하는 특급일류고수 수준인 것만은 분명했다.

"멈춰라!"

동방무건이 다급히 외쳤으나 여섯 명은 이미 은조의 이 장이내에 근접하여 그녀의 전신을 향해 검을 휘둘러 가는 중이라서 멈추려야 멈출 수가 없는 상황이다.

동방무건이 외친 것은 여섯 명을 위해서가 아니라 은조를 보호하기 위함이었다.

연초아를 한 손에 쥐고 있는 은조가 여섯 명의 합공을 당해 낼 리가 없을 것이라고 예상하기 때문이다.

그렇지만 그것은 동방무건의 기우였다. 그는 자신의 일족 여섯 명을 염려해야만 했었다.

은조는 아무렇지도 않게 오른손으로 재빨리 연초아의 검을 가리켰다.

쩌겅!

그 순간 연초아의 검이 산산이 쪼개지면서 그중 정확히 여섯 개의 조각이 합공하는 여섯 명의 동방일족을 향해 번개처럼 쏘아갔다.

쌔액!

여섯 개의 검 조각 검편(劍片)들은 합공하는 자들의 공격보다 세 배 이상 더 빠른 속도로 쏘아가서 그들의 오른쪽 어깨에 정확하게 적중했다.

파파파팍!

"악!"

"으헉!"

"허억!"

검편들은 여섯 명의 어깨를 관통하고 뒤로 빠져나가 맞은편 벽에 꽂혔다.

여섯 명의 어깨 앞뒤에서 피가 분수처럼 쭈욱 뿜어졌다.

쿠쿠쿵!

여섯 명은 뒤로 퉁겨 날아가서 바닥에 나뒹굴었다.

동방무건을 비롯하여 합공에 가담하지 않았던 동방일족들은 대경실색한 얼굴로 그 광경을 바라보았다.

그들은 은조가 한 손에 연초아의 목을 쥔 상태에서 여섯 명의 합공을 받아낼 것이라고는 추호도 예상하지 않았었다.

검을 쥐고 있는 오른쪽 어깨가 관통된 여섯 명은 비틀거리면서 힘겹게 일어섰으나 오른손에 힘을 줄 수가 없어서 모두 검을 떨어뜨렸다.

은조는 연초아의 목을 쥔 손을 앞으로 쭉 뻗고 싸늘하게 그녀를 쏘아보았다.

"건방진 년아, 모가지를 꺾어줄까? 응?"

얼굴이 온통 새빨개져서 터지기 직전의 모습인 연초아는 간신히 입을 열었다.

"끄으으… 사… 살려… 주… 세요……."

은조는 연초아를 지푸라기처럼 가볍게 집어 던졌다.

휘익!

연초아는 날아가서 모질게 벽에 부딪쳤다가 퉁겨져서 바닥에 나뒹굴었다.

은조는 당당하게 우뚝 선 채 동방일족들을 차갑게 둘러보며 입을 열었다.

"호위고수라고 해도 다 같은 호위고수가 아니다. 나는 주군의 두 명뿐인 호위고수 중 하나라는 말이다."

동방일족들은 은조가 초극고수라는 사실을 뼈저리게 절감하고 감히 숨도 크게 쉬지 못했다.

은조는 처음처럼 보교진을 가리키며 손가락을 까딱거렸다.

"너, 따라와라."

술상 한번 차리려다가 은조는 괜한 고생을 했다.


훈용강이 돌아와서 잘됐다고 보고했다.

그는 검황천문 사람들을 대연무장에 모두 모이게 해놓고 그들 중에서 원하는 사람은 영웅문 휘하로 거두겠다고 말했다.

그랬더니 검황천문 삼천여 명 중에서 절대다수가 영웅문 휘하가 되겠다고 했다는 것이다.

아까 종초홍은 검황천문 수하들을 진짜 영웅문 사람으로 만들면 그들이 진심으로 충성할 것이라고 말했었다.

그래서 부옥령이 훈용강더러 검황천문 수하들을 다 모아놓고 그렇게 말하라고 했더니 이런 결과가 나온 것이다.

훈용강은 미소 지으며 말했다.

"구 할 정도가 본문 휘하가 되겠다고 나섰는데 그들이 가장 많이 한 질문이 자신들도 항주의 영웅문에 들어갈 수 있느냐는 것이었습니다."

진천룡은 흐뭇한 미소를 지으며 고개를 끄떡였다.

"들어올 수 있다고 말해주게."

"알겠습니다."

훈용강이 다시 나가려는데 부옥령이 물었다.

"구 할이 본문에 들어오겠다고 했는데 나머지 일 할은 어째서 반대한 것이지?"

"일 할도 본문에 들어오고 싶지만 사정이 있답니다."

"무슨 사정인데?"

"대부분 빚이 걸려 있거나 대가족이라서 남경을 떠나는 것이 어렵다고 합니다."

진천룡은 이번에도 대수롭지 않게 고개를 끄떡였다.

"다 해결해 주게."

"알았습니다."

훈용강 목소리에 힘이 들어갔다. 그는 자신이 이런 소식을 전하게 된 것을 기뻐하는 것 같았다.


은조는 동방무건의 아내 보교진에게 점심 식사와 술상을 차려오라고 지시한 후에 진천룡이 있는 방으로 돌아오다가 옥소를 만났다.

"언니, 어디 다녀와?"

"웅. 위융이 외출을 하고 싶다고 해서 같이 다녀왔는데 주군께 보고하러 가. 너는?"

항주 십엽루 시절에 옥소와 은조 둘다 십엽루주 현수란의 제자였으며, 옥소가 이엽이고 은조가 삼엽이었다.

영웅호위대주인 옥소가 올해 이십육 세가 됐으며, 은조는 이십사 세다.

은조는 동방일족 때문에 났던 화가 아직도 풀리지 않은 목소리로 말했다.

"술상 차리라고 한바탕 난리 피우고 오는 길이야."

"웬 난리를?"

은조가 동방일족들과 벌였던 일을 설명했더니 옥소는 배를 움켜잡고 웃어댔다.

"깔깔깔깔─! 그것들이 죽으려고 환장했구나!"


"알았다."

옥소의 보고를 받은 진천룡은 고개를 끄떡이고 나서 뭔가 좋은 생각이 번쩍 났다.

"위융은 언제 들어오느냐?"

"두 시진쯤 걸린다고 했어요."

"그가 들어오면 내게 오라고 해라."

"그러겠어요."

옆에 앉은 부옥령이 미소를 지으며 물었다.

"무슨 좋은 생각이 나셨어요?"

"그래."


동방일족들은 침상 주위에 모여 있었다. 동방장천이 말을 하기 시작했기 때문이다.

"그들에게 저항하지 마라."

동방장천은 조금 전에 연초아가 은조에게 대들다가 당했던 일들을 다 보고 들었다.

"아버지……!"

"아버님… 흑흑……!"

"백부님……."

동방무건을 비롯한 일족들은 비통한 얼굴로 눈물을 흘렸다.

동방장천은 하루 사이에 몇십 년은 더 늙어버린 초췌한 얼굴로 까칠한 입술을 열었다.

"그가 나를 살렸느냐……?"

'그'는 진천룡을 가리킨다.

"네, 아버님."

맏며느리 보교진이 흐느끼면서 대답하자 동방장천은 힘없이 눈동자를 이리저리 굴렸다.

"아까… 초아가 당했느냐……?"

깨어나서 겨우 보고 듣고 말할 수만 있게 된 동방장천은 고개를 돌리지 못했기에 실내에서 벌어진 광경을 직접 목격하지는 못했었다.

"네… 아버님……!"

연초아는 닭똥 같은 눈물을 뚝뚝 흘리면서 허리를 굽혀 동방장천의 손을 잡았다.

평소에 동방장천은 많은 며느리들 중에서도 맏며느리와 둘째 며느리인 보교진, 연초아를 가장 총애했었다.

그러나 동방장천이 세상에서 가장 예뻐하는 사람은 따로 있었으니 바로 그의 막내딸이다.

"령(玲)아……."

그의 부름에 발치에 서 있던 동방소령(東方素玲)이 울면서 다가왔다.

"네… 아버지."

방년 십육 세인 동방소령은 백옥을 정성껏 다듬어서 만든 것처럼 희고 아름다웠다.

동방장천은 막내딸에게 모든 정성을 쏟았기 때문에 동방소령은 큰오빠인 동방무건보다 훨씬 고강한 무공의 소유자다.

그렇지만 웬만한 일로는 거의 나서지 않고 다른 사람들이 있는 곳에서는 무공을 전개하지 않기 때문에 그녀의 진면목을 알고 있는 사람은 다섯 손가락으로 꼽을 정도다.

동방소령이 다가오자 연초아는 동방장천에게서 물러나며 자리를 양보했다.

"아버지……."

동방장천이 죽을 줄 알았다가 다시 소생한 것 때문에 기쁨을 참지 못하고 있던 동방소령은 아버지의 손을 잡으며 눈물을 펑펑 쏟았다.

동방장천은 자신의 손을 섬섬옥수로 꼭 부여잡은 채 우는 막내딸을 보면서 당부했다.

"령아… 무슨 일이 있어도 나서지 마라… 알았느냐?"

"네… 몸은 어떠세요? 아프지 않은가요?"

동방장천은 눈에 넣어도 아프지 않은 막내딸을 걱정시키지 않으려고 애써 환한 미소를 지었는데 그것이 외려 동방소령을 슬프게 만들었다.

"아버지, 이제는 싸우지 마시고 우리 가족끼리 은거해서 조용히 살아요. 네?"

"오냐… 그러자꾸나……."

부친의 야망이 얼마나 크고 원대한지 너무도 잘 알고 있는 막내딸은 그의 말을 쉽게 믿지 않고 그의 가슴에 엎드려서 울며 애원했다.

"그 사람에게 말하면 저희 부탁을 들어줄 거예요. 그렇게 하세요, 아버지……!"

"오냐… 알았다……."

막내딸의 부탁이라면 무엇이라도 들어주는 동방장천은 온화한 미소를 지으며 자신의 가슴에 엎드려 우는 막내딸의 머리를 쓰다듬었다.


동방일족들이 모두 나가고 침상 옆에는 동방무건 혼자만 남아 있다.

동방장천을 진맥하고 있는 동방무건의 표정이 자못 진지하다.

동방장천은 지그시 눈을 감은 채 진맥이 끝나기를 기다리고 있다.

이윽고 동방무건은 진맥을 끝내고 길게 한숨을 토해냈다.

"휴우……."

동방장천이 눈을 뜨고 무덤덤한 표정으로 물었다.

"어떠냐?"

동방무건은 심각한 표정으로 대답했다.

"아버지께선 목숨만 겨우 부지하고 계신 상태입니다. 공력은 아예 감지되지 않지만 심장박동과 맥은 어느 정도 안정적으로 뛰고 있습니다."

예상하고 있었다는 듯 동방장천의 표정은 변하지 않았다.

"무공을 회복할 가능성이 있느냐?"

"현재로선 없습니다."

동방무건은 다소 단호하게 대답했다. 괜한 희망을 주었다가 나중에 절망에 빠지는 것보다는 이러는 편이 훨씬 낫기 때문이다.

동방장천에게 공력이 단 한 움큼이라도 남아 있으면 그것으로 운공조식을 해서 현재의 상태를 어느 정도 짐작할 수 있을 텐데 그러지 못하는 것으로 미루어 그는 자신의 상태를 어느 정도 짐작하고 있었다.

동방장천은 다시 눈을 감더니 잠시 후에 겨우 들리는 목소리로 물었다.

"그자가 날 치료했느냐?"

"그렇습니다."

"그때 상황을 설명해 보아라."

"그러니까 그때는……."

동방무건은 그때 상황이 생각나서 씁쓸한 기분이 되어 가라앉은 목소리로 설명했다.

즉, 동방장천이 죽어서 자신들이 울고 있는데 진천룡이 들어와서 그를 살려주었다는 얘기다.

"그때는 그가 신처럼 보였습니다."

동방무건은 죽었다고 판단한 부친을 잠시 진맥하는 듯하더니 감쪽같이 치료하여 살려낸 진천룡을 보고 느꼈던 그 당시의 감정을 얘기했다.

동방장천은 눈을 감은 채 건조한 바람처럼 중얼거렸다.

"나는 죽지 않았었다."

동방무건은 믿어지지 않는다는 표정을 지었다.

"그… 렇습니까?"

동방장천은 지금 같은 상황에 아들에게 인체의 구조에 대해서 구구하게 설명할 기분이 아니었다.

그는 눈을 감고 자신의 내심을 어떻게 아들에게 전할 것인지 곰곰이 궁리해 보았다.

\*　　　\*　　　\*

"음……."

아무리 궁리를 해봐도 자신의 생각을 아들에게 전할 방법을 생각해 내지 못한 동방장천은 무거운 신음을 흘리면서 눈을 감아버렸다.

그러자 동방무건이 움찔 놀라서 조심스럽게 물었다.

"어디 불편하십니까, 아버지?"

"아니다."

지금 여기에서 말을 하면 영웅문 사람들이 한마디도 빼놓지 않고 다 들을 것이다.

동방일족들의 일거수일투족이 모조리 감시당하고 있다고 생각해야 한다.

영웅문이 감시하지 않을지도 모른다는 안일한 생각은 하지 않는 것이 좋다.

입장을 바꿔봤을 때 내가 할 것 같으면 상대도 반드시 하게 되어 있다.

그래서 동방장천은 말을 하지 않고 자신의 생각을 맏아들에게 전할 방법을 궁리해 봤지만 허사였다.

그가 손이라도 움직일 수 있으면 맏아들 손바닥에 글을 적어서 의사를 전달하겠지만 손가락 하나 까딱할 힘이 없으니 답답한 노릇이다.

동방장천이 궁금한 것은 검황천문이 현재 어떻게 되어가고 있는지에 대한 것이다.

예전에 그는 이런 날을 대비해서 어떤 준비를 은밀하게 해놨었다.

그는 평소에 검황천문 내에 하나의 비밀스러운 조직을 만들어놓았는데, 그 조직은 검황천문이 위기에 처했을 때만이 활약을 개시한다.

그런 조직이 존재한다는 사실은 동방장천과 그 조직에 임명된 인물들 외에는 아무도 모르고 있다.

그렇기 때문에 비밀조직이라고 하는 것이며 어둠처럼 은밀하게 움직이는 것이다.

지금 동방장천이 믿을 수 있는 것은 오로지 비밀조직 '묵룡(默龍)'뿐이다.

검을 묵(墨)이 아닌 침묵할 '묵(默)'의 용이다. 평소에는 없는 듯이 있다가 검황천문이 위급할 때에만 땅거미처럼 나타나서 행동을 개시하는 것이 묵룡이다.

동방무건은 부친이 눈을 감은 채 오랫동안 미동도 하지 않자 혹시 잘못됐나 싶어서 가슴이 조마조마했다.

"아버지."

그가 조그맣게 부르는데도 동방장천은 눈을 뜨지 않고 미동도 하지 않았다.

동방무건은 가슴이 철렁 내려앉아서 급히 부친의 어깨를 가볍게 흔들었다.

"아버지!"

그제야 동방장천은 눈을 뜨고 못마땅한 얼굴로 아들을 바라보다가 다시 눈을 감고 생각에 잠겼다.

'그놈이 어째서 날 살려준 것인가?'


진천룡이 최측근들과 함께 점심 식사 겸 술을 마시고 있을 때 위융은 특별한 임무를 띠고 어떤 장소에서 누군가를 만나고 있었다.

과거에 위융은 검황천문 사람이었다. 탈혼부 제팔분부주가 그의 지위였었다.

위융이 최초로 진천룡을 만난 것은 일 년 팔 개월 전쯤에 사파지존인 삼절사존 훈용강을 검황천문으로 압송하던 강소성의 어느 강이었다.

검황천문 내에서 가장 강력한 조직 중 하나인 탈혼부가 끝까지 추적하여 막대한 희생을 치르면서 훈용강을 제압, 생포했으며 위융이 그를 압송하는 임무를 맡았었다.

그 당시에 진천룡은 훈용강을 구해주어 여러 곡절 끝에 그를 수하로 삼았었다.

그리고 위융은 나중에 검황천문 고수들과 함께 영웅문에 쳐들어와서, 진천룡에게 제압되었을 때 몸과 마음으로 그에게 굴복하여 수하가 됐었다.

지금 위융은 울창한 인공 숲 속에서 두 명의 고수를 만나고 있는 중이다.

그 두 명은 과거 위용이 검황천문 탈혼부 제팔분부주라는 지위에 있던 시절에 그의 휘하에서 조장을 했던 수하들이다.

말하자면 진천룡에게 최측근이 있듯이 이들은 위용의 최측근인 것이다.

최측근이란 아무리 세월이 흘러도 그 관계가 쉽게 변하지 않는 법이다.

과거의 최측근이었던 손범도(孫範道)와 좌현수(佐玄秀)는 현재 검황천문 내부의 각 문을 지키는 호문위당(護門衛當)에서 향주를 맡고 있다.

향주가 조장보다 높은 지위이기는 하지만 검황천문 내에서 세 손가락 안에 꼽힐 정도로 막강한 탈혼부의 조장과 문이나 지키는 호문위당의 향주를 비교할 수는 없다.

위용이 이곳에 데리고 온 수하는 과거 탈혼부 제팔분부주 시절에 조장이었으며, 영웅문을 공격할 때 같이 갔었던 이유 덕분에 같이 영웅문 사람이 됐던 편무강이다.

편무강은 위용 덕분에 영웅호위대에 들어가서 위용이 부대주로 있는 제오부대 휘하가 되었다.

근 일 년 반 만에 만난 네 사람은 너무 반가운 나머지 눈물을 글썽거렸다.

아무도 보지 않는 울창한 인공 숲 속에서 네 사람은 서로의 손을 움켜잡은 채 놓을 줄을 몰랐다.

그러다가 손범도와 좌현수 둘 다 기어코 눈물을 흘리고 말았다.

손범도는 위융의 처남이고, 좌현수는 유일한 여조장으로 예전에 마누라 이상으로 위융을 챙겼었다. 그만큼 각별한 사이였기에 감정이 북받쳐 오른 것이었다.

손범도와 좌현수는 위융의 손을 하나씩 나누어 잡고서 반가움과 감격을 쉽게 그치지 못했다.

위융을 비롯한 네 사람은 숲속 바닥에 둥글게 앉아 있으므로 밖에서는 전혀 보이지 않았다.

검황천문 내에서 외부로 연락을 취하고 있는 인물이 있을 것이라는 위융의 설명을 듣고 난 손범도와 좌현수는 서로의 얼굴을 보면서 뭔가 짚이는 것이 있다는 듯한 표정을 지었다.

손범도가 주위를 둘러보더니 목소리를 한껏 낮추었다.

"분부주 말을 듣고 보니까 과연 이상한 것이 있었습니다."

손범도는 아직도 위융을 예전의 호칭인 분부주라고 불렀다.

그는 자신이 가장 예뻐하던 막내 여동생을 발 벗고 나서서 노총각인 위융에게 시집을 보냈었다.

위융보다 열 살이나 어린 꽃처럼 어여쁜 소녀였다. 손범도가 위융을 얼마나 믿고 따랐으면 자신의 여동생을 선뜻 시집보냈겠는가.

위융이 심복 수하 편무강만을 데리고 영웅문의 수하가 된 이후에 남아 있는 그의 측근들은 찬밥 신세가 됐었다.

위용과 편무강은 진천룡의 명령으로 십엽루주였던 현수란이 손을 써서 남경에 있는 가족들을 한 명도 남김없이 모조리 영웅문으로 데려와서 함께 살았다.

위용도 손범도와 좌현수를 생각하지 않은 것은 아니었다. 그렇지만 위용은 손범도나 좌현수 같은 측근들까지 데려와 달라고 부탁하기에는 차마 입이 떨어지지 않았었다.

자신과 편무강의 가족만 해도 무려 사십여 명이나 됐기 때문이다.

아담한 체구에 쌍검을 메고 있는 좌현수는 매력적이고 깊은 눈매의 소유자였다.

그녀는 방금 말한 손범도를 한 번 보고서 다시 위용을 보며 목소리를 낮추었다.

"본문 내에 은밀하게 움직이고 있는 자들이 있기는 했어요. 하지만 우리는 그들에게 관심도 없고 자리를 비울 수도 없기에 그냥 통과시키기만 했어요."

위용은 약간 의아한 표정을 지었다.

"통과시키다니? 그게 무슨 말이냐?"

손범도와 좌현수는 부끄러운 표정을 지었다. 손범도는 차마 자신의 입으로는 말하지 못하고, 좌현수가 얼굴을 붉히며 겨우 말했다.

"저희는 그때 이후 호문위당 소속이 됐어요."

"뭐어?"

위용은 너무 놀라서 목소리가 커졌고 앉은 자리에서 벌떡 일어섰다.

"분부주."

편무강이 급히 위용의 손을 잡아서 끌어 앉혔다.

위용은 자신의 실수를 깨닫고 자리에 앉으며 손범도와 좌현수를 쳐다보았다.

"내가 영웅문으로 간 이후에 너희가 호문위당으로 좌천됐다는 말이냐?"

"그래요."

손범도는 가만히 있고 좌현수가 입술을 깨물며 대답하고는 원통함과 분함 때문에 눈물을 글썽거렸다.

호문위당은 고수가 아닌 무사들이 모인 수준이며 검황천문 내의 수백 개 문을 지키는 최하급의 지위라서 탈혼부 소속 조장을 그곳으로 좌천시켰다는 것은 너희들이 알아서 옷 벗고 나가라는 얘기나 다름이 없었다.

위용으로선 자세히 모르지만 호문위당 향주의 녹봉이나 그 밖의 여러 대우도 탈혼부 조장 때와는 비교할 만한 수준이 아닐 것이다.

무엇보다도 손범도와 좌현수를 괴롭힌 것은 주위의 따가운 멸시의 시선이었을 것이다.

위용은 두 사람의 손을 거머잡고 고개를 푹 숙였다.

"미안하다. 너희 두 사람에게 죄를 지었다."

손범도와 좌현수는 화들짝 놀랐다.

"아… 아닙니다……! 그러지 마십시오……!"

"제발… 그러지 말아요, 분부주."

위융은 두 사람의 말이 귀에 들어오지 않았다. 그저 한없이
미안할 뿐이다.

"아아… 면목이 없다."

손범도와 좌현수는 위융의 올곧은 성격을 너무도 잘 알고
있어서 그가 얼마나 괴로워할지 짐작했다.

위융은 비통한 심정으로 말했다.

"너희를 꼭 영웅문으로 데리고 가마."

좌현수가 싱그러운 미소를 지으며 말했다.

"그러지 않으셔도 저희는 영웅문으로 가게 됐어요."

"어… 떻게 말이냐?"

좌현수가 조금 흥분되는 목소리로 설명했다.

"아까 우리 모두를 대연무장으로 모이라고 해서 갔더니 영
웅문 사람 한 명이 모두에게 말하더라고요. 진짜 영웅문 사람
이 되기를 원하는 사람은 나서라고 말이에요."

진천룡의 명령을 받은 훈용강이 검황천문 사람 삼천여 명을
모아놓고 그런 말을 했었다.

좌현수는 손범도를 힐끗 보고 나서 밝게 웃었다.

"그래서 우리 둘이 제일착으로 신청했어요. 그 사람이 사기
를 치는 게 아니라면 우리 둘은 조만간 영웅문에 갈 수 있을

거예요."

손범도는 벙긋 입으로만 멋쩍게 웃었고, 좌현수는 들뜬 얼굴로 말했다.

좌현수는 아직도 그때의 홍분이 가시지 않는 듯 연신 웃으면서 말을 이었다.

"영웅문에 가면 분부주를 만날 수 있기 때문이에요. 그래서 제일착으로 신청한 거예요."

"너희들……."

쇳덩이 같은 철담의 사내 위융은 가슴이 울컥거려서 말을 잇지 못했다.

두 시진 후에 위융은 손범도와 좌현수, 그리고 편무강과 함께 진천룡이 있는 검황벽의 문을 통과했다.

소위 검황천문의 황족이라고 일컫는 검천파들만 모여서 사는 검황벽 안으로 들어선 손범도와 좌현수는 놀라서 몸이 얼어붙은 것처럼 주춤거렸다.

"분부주, 여긴 왜 데리고 오는 겁니까?"

"우리가 꼭 여기에 들어가야 합니까?"

위융과 편무강은 내 집처럼 편하게 들어가는 데 반해서 손범도와 좌현수는 얼어서 어쩔 줄을 몰랐다.

호문위당의 향주라는 신분으로 지난 일 년 반 동안 검황천문 내의 문이란 문은 거의 지켜봤었지만 이곳 검황벽의 문들은 예외였다.

검황벽으로 통하는 수십 개의 문들은 검황벽 직속의 호문고
수들이 따로 지키기 때문이다.

아까 위융을 비롯한 네 사람은 인공 숲에서 하나의 작전을
짠 후에 그것을 실행에 옮겨 보란 듯이 성공시켰다.

검황천문 내에 은밀한 비밀조직이 있다면 필경 진천룡 등을
감시할 것이라는 데 착안하여 위융과 편무강은 진천룡 일행이
있는 검황천각 근처를 감시하고 있었다.

그러다가 검황천각을 드나드는 숙수와 하녀들 중에서 의심
스러워 보이는 한 명을 발견해 미행했는데, 그게 적중했다. 그
하녀는 검황천문 내의 어느 전각으로 들어갔으며, 위융이 감청
한 결과 그곳이 비밀조직이었다.

손범도와 좌현수는 몹시 긴장한 표정으로 위융의 뒤를 쭐레
쭐레 따랐고, 편무강은 그들과 나란히 걸으면서 둘을 안심시키
려고 애를 썼다.

위융 일행은 수백 장을 걸어서 마침내 검황천각 전문 앞에
이르렀다.

전문을 지키고 있는 영웅호위대 고수들이 위융을 보고는 정
중하게 예를 취했다.

그러면서 위융이 낯선 사람을 데리고 들어가는데도 일절 제
지하지 않았다.

그것만 봐도 위융이 어떤 존재인지 웬만큼 짐작할 수 있어
서 손범도와 좌현수는 아연 위축이 됐다.

그뿐이 아니다. 검황천각 내의 곳곳을 지키고 있는 영웅호위대 고수들이 위융을 발견할 때마다 예를 취하는 것을 보고 손범도와 좌현수의 긴장은 점점 더 고조되었다.

검황천각 내에서 가장 규모가 크고 화려한 접객실 앞에는 영웅호위대 제일부대주 정무웅과 네 명의 호위고수가 서 있다가 위융을 맞이했다.

손범도와 좌현수가 보니까 정무웅과 네 명의 호위고수들의 신색과 기도는 감히 범접하기 어려운 굉장한 것이었다.

누가 봐도 정무웅은 젊으면서도 전신에서 일파지존 같은 기도를 파도처럼 뿜어내고 있었다.

정무웅은 평소에 막역한 벗인 위융을 보고 미소를 지으며 고개를 끄떡였다.

닫혀 있는 문 안쪽에서는 진천룡의 유쾌한 웃음소리가 우렁우렁하게 흘러나왔다.

호위고수 두 명이 몸가짐을 바로 하더니 문을 열고 안을 향해 공손히 예를 취했다.

"주군, 제오부대주입니다."

그러자 안에서 반가운 목소리가 들렸다.

"오! 위융인가? 들어와라!"

第二百二章

묵룡(默龍)

위용은 눈짓으로 손범도와 좌현수에게 들어가자는 신호를
보냈다.

그러나 이미 그 전에 손범도와 좌현수는 온몸이 얼어붙어서
한 걸음도 내딛지 못하고 있었다.

'어허……'

위용은 그런 두 사람을 보고 웃지도 울지도 못하는 표정을
지었다.

설마 두 사람이 이런 모습을 보일 것이라고는 예상하지 못했
기 때문이다.

손범도와 좌현수의 시선은 저만치 커다란 둥근 탁자에 둘러

앉아 있는 몇 사람에게 고정되었다.

그들 중에는 아까 검황천문의 삼천여 명을 모아놓고 일장연설을 했던 훈용강도 끼어 있었다.

그리고 또 한 명의 청년이 있는데, 태양이 빛을 잃을 정도로 준수하고 헌앙한 미장부이며 봄바람처럼 훈훈한 기도가 흘러나왔기 때문에 그가 바로 영웅문주일 것이라고 두 사람은 직감했다.

그 청년 좌우에는 눈이 멀어버릴 것만 같은 천하절색 미녀들이 여러 명 앉아 있어서 이곳이 지상이 아닌 천당인 것만 같았다.

위용은 손범도와 좌현수에게 들어가자고 눈짓을 했으나 두 사람은 요지부동 움직이지 못했다.

그러자 옥소가 쩽하는 목소리로 말했다.

"왜 그러느냐?"

위용은 적잖이 당황했다.

"아… 대주, 이들이 겁을 먹어서……."

"겁을 먹어?"

옥소가 어이없다는 표정을 짓자 진천룡을 비롯한 모두들 와아! 하고 웃음을 터뜨렸다.

그 웃음소리에 위용은 머쓱한 표정을 지었고, 손범도와 좌현수는 더욱 주눅이 들어서 주저앉고 싶은 심정이 되었다.

훈용강이 위용에게 명령했다.

"위융, 네가 그 둘을 안고 와라."

"네!"

위융은 바짝 기합이 들어 큰 소리로 대답하자마자 양팔로 손범도와 좌현수의 허리를 가볍게 안아 미끄러지듯이 탁자로 다가갔다.

"으으……"

손범도와 좌현수는 미약한 신음 소리만 흘릴 뿐이다.

"가까이 와라."

진천룡의 말에 위융은 그의 뒤에 이르러 두 사람을 조심스럽게 내려놓았다.

손범도와 좌현수는 쓰러질 듯이 비틀거리다가 진천룡이 돌아앉는 것을 보고 그대로 무너져 내렸다.

"아아……"

쿠쿵!

위융이 부복해라 마라 할 것도 없이 두 사람은 자연스럽게 진천룡에게 무릎을 꿇는 자세가 돼버렸다.

두 사람은 손바닥으로 바닥을 짚은 채 진천룡을 우러러보며 꿈을 꾸는 듯한 표정을 지었다.

진천룡이 미소 지으며 위융에게 물었다.

"위융, 이들은 누구냐?"

쿵!

위융은 두 사람 옆에 무너지듯이 무릎을 꿇고 이마를 바닥에 대며 공손히 아뢰었다.

"주군! 간청이 있습니다!"

"뭐냐?"

위융이라고 해도 진천룡의 면전에서는 사지 육신이 떨리게 마련이다.

"이 두 사람은 예전에 속하의 휘하에 있었는데 속하가 영웅문에 들어가는 바람에 좌천해서 지금은 검황천문에서 문지기를 하고 있습니다."

"그런가?"

진천룡은 가볍게 위융을 꾸짖었다.

"네가 내 수하가 됐을 당시에 이들을 챙겼어야지."

"거… 기까지는 미처 생각하지 못했습니다……."

부옥령이 참견을 했다.

"위융이 이들을 생각하지 못했다는 것은 말이 되지 않아. 그 당시에 위융과 편무강의 가족 사십여 명을 남경에서 데려왔는데, 그런 상황에 이들까지 데려와 달라고 말할 수가 없었던 것이지."

"그… 렇습니다."

부옥령이 정확하게 정곡을 찌르자 위융은 이마를 바닥에 대며 인정했다.

"그래서 어떻게 해주면 되겠어?"

손범도와 좌현수는 그렇게 말하는 천하절색의 소녀를 멀뚱하게 바라보았다.

위융은 바닥 속으로 파고 들어갈 것처럼 이마로 바닥을 문질러 댔다.

"이들을 제 휘하에 넣어주십시오……!"

"그러고 또?"

"네?"

위융은 고개를 들고 그러고 또 뭐가 있겠느냐는 표정으로 부옥령을 바라보았다.

부옥령은 가볍게 손가락을 퉁겨 위융 이마를 슬쩍 갈겼다.

딱!

"이 석두 놈아! 저 두 사람의 가족은 그냥 남경에 놔둬도 되는 것이냐?"

"아……."

위융은 석두 소리를 듣고서야 그 사실을 깨닫고 얼굴을 붉히며 쓴웃음을 지었다.

"죄송합니다."

손범도와 좌현수는 부옥령이 누군지 궁금해서 그녀를 물끄러미 바라보았다.

부옥령은 좌중을 둘러보다가 현수란을 발견하고 그녀에게 넌지시 말했다.

"현 장로, 너에게 맡기겠다."

현수란은 영웅장로가 되어 신분이 많이 격상됐으나 부옥령에게만은 언제나 저자세다.

"명을 받듭니다, 좌호법님."

천하절색의 미녀가 '좌호법'이라는 사실을 알게 된 손범도와 좌현수의 얼굴이 하얗게 질렸다.

그제야 비로소 부옥령이 저 유명한 무정신수라는 사실을 깨달았기 때문이다.

미소를 짓고 있는 진천룡이 위융에게 말했다.

"끝났으면 이리 와서 앉아라, 위융."

"네… 네?"

진천룡은 태연하게 말했다.

"내게 보고할 일이 있지 않으냐?"

위융은 당황해서 어쩔 줄 몰랐다.

"그… 렇습니다."

그런 보고는 영웅호위대주인 옥소에게 하면 되는데 진천룡이 자신에게 직접 하라는 것이다.

그런데 그걸로 그치는 것이 아니라 진천룡은 일어나서 자신이 친히 손범도와 좌현수의 팔을 잡고 일으키는 것이 아닌가.

"일어나라."

부옥령이 재빨리 손을 저어 탁자에 자리 네 개를 만들도록 지시했다.

진천룡에게 팔을 잡힌 손범도와 좌현수는 정신이 거의 나간 채 질질 끌려가다시피 했다.

진천룡은 위융과 손범도, 좌현수, 그리고 편무강까지 자리에 앉히고는 제자리로 돌아와 앉았다. 그러고는 술병을 들어 손범수와 좌현수에게 내밀었다.

"위융을 도와주어 고맙게 생각하네. 한잔 받게."

"아아……."


위융을 비롯한 네 사람은 일 각이 지난 후에 검황천각 전문을 나섰다.

손범도와 좌현수는 다리에 힘이 풀려서 제대로 걷지도 못하여 위융과 편무강이 둘을 부축하고 있다.

검황천각에서 수십 장 멀어진 후에 위융이 걸음을 멈추고 부축했던 좌현수의 팔을 놓았다.

"이제 정신 차려라."

"아아……."

좌현수는 쓰러지지 않으려고 위융의 팔을 붙잡고 나서 물었다.

"분부주, 아까 우리에게 술을 주었던 청년이 누군가요……?"

"누구긴? 주군이시지."

"주군이시라면……."

"영웅문주이신 전광신수."

"흐엑?"

좌현수는 아까부터 줄곧 그 잘생긴 청년이 누굴까 곰곰이 생각했었는데 설마 그렇게 젊은 사람이 영웅문주일 줄은 꿈에도 몰랐었다.

위용은 주저앉으려는 좌현수를 번쩍 안은 뒤 근처의 정원 풀밭에 앉히고 자신은 그 옆에 앉았다.

"다들 앉아봐라."

위용은 손범도와 좌현수에게 당부하듯이 말했다.

"지금 곧장 집으로 가서 영웅문으로 같이 갈 가족과 친지들을 챙겨라."

손범도와 좌현수는 움찔 놀랐다.

"지… 지금 말입니까?"

"이렇게 빨리요?"

위용은 진지한 얼굴로 고개를 끄떡였다.

"너희가 영웅문으로 데려갈 가족을 정해두면 오늘 중으로 사람이 갈 것이다. 그들을 따라나서면 된다."

"그 사람이 누굽니까?"

위용은 미간을 좁히고 조금 언성을 높였다.

"아까 현 장로님 말씀을 듣지 못했나? 오늘 중으로 너희 집으로 사람을 보낸다고 말씀하시지 않았나?"

"그… 랬었죠."

"아마 천추각이나 십엽루의 남경지부 사람들이 찾아갈 거야. 그럼 그들을 따라가서 배를 타고 안전하게 항주 영웅문으로 가면 되는 거야."

위용은 일어나면서 말했다.

"나는 명령을 수행해야 하니까 이제 너희와 헤어져야겠다."

그는 편무강과 함께 걸어가다가 뒤돌아보며 당부했다.

"몇 명이 되든 상관없으니까 데리고 갈 가족이나 친지는 한 명도 빠짐없이 다 챙겨야 한다."

정신이 반 이상 나간 손범도와 좌현수는 대답도 하지 못하고 풀밭에 퍼질러 앉아 있었다.

좌현수는 몽롱한 표정으로 중얼거렸다.

"손 형, 우리가 꿈을 꾸고 있는 것은 아니죠……?"

그녀는 동료들을 호형호제하는 습관이 있다.

"내가 너에게 묻고 싶은 말이야……."


검황천문 내에는 여러 개의 인공 산과 계류, 인공 호수가 여기저기 산재해 있다.

북쪽 산기슭 아담한 인공 호수 옆에는 한 채의 삼 층짜리 전각이 위치해 있으며 이곳이 바로 탐라부(探羅府)다.

탐라부는 추적과 탐색의 달인들로 구성되어 있다.

검황천문의 지부처럼 각 성에 독립적으로 주둔하고 있으며, 자신들이 담당한 지역의 정세와 시시각각 일어나는 굵직한 사건들을 조사하는 한편 추적과 미행, 염탐, 감시 따위를 주 업무로 하고 있다.

탐라부 일 층 전문은 굳게 닫혀 있으며 지키고 있는 사람은 한 명도 없다.

인공 호수는 잔잔하며 주변 인공 산의 모습이 수면에 비쳐 아름다운 자태를 드러내고 있다.

그때 인공 호수 건너에서 몇 개의 인영이 탐라부를 향해 추호의 기척도 없이 날아가고 있다.

영웅호위대주 옥소를 비롯하여 세 명의 부대주와 십여 명의 호위고수들이다.

진천룡에 의해서 임독양맥의 소통은 물론이고 벌모세수와 환골탈태까지 한 영웅호위대 고수들의 평균 공력은 삼백 년 수준이다.

그런 그들에게 이십여 장 너비의 인공 호수를 최고 수준의 경신법으로 날아서 건너는 일은 별로 어렵지 않았다.

아까 위융은 하녀로 변장하여 검황천각에 잠입해서 진천룡을 비롯한 측근들의 대화를 들은 후에 어디론가 가는 그녀를 미행했었다.

하녀가 이곳 탐라부에 와서 안으로 사라지는 것을 위융은 두 눈으로 똑똑히 목격했었다.

인공 호수를 건넌 옥소 등은 탐라부를 목전에 두고 부챗살처럼 벌어져 쏘아갔다.

옥소와 세 명의 부대주들은 일 층 전문으로, 그리고 일곱 명의 호위고수들은 탐라부를 휘돌아 띄엄띄엄 포위했다.

위융이 전문으로 곧장 돌진하면서 우수를 앞으로 쭉 뻗었다.

위이잉!

그의 장심에서 막강한 경력이 발출되어 전문으로 쏘아갔다.

파드등!

짧은 폭음과 함께 전문은 산산조각 나서 흩어져 날아가고 그곳에는 전문의 흔적조차 남아 있지 않았다.

그 안으로 옥소와 세 명의 부대주가 독수리처럼 거침없이 쏘아 들어갔다.


검황천각의 대전에 삼십여 명이 무릎을 꿇은 자세로 앉아 있고, 그 앞 단상에는 진천룡이 태사의에 앉아 있다.

진천룡은 단하 제일렬에 꿇어앉아 있는 다섯 명 중에서 가운데에 있는 짧은 수염을 기른 중년인을 쳐다보았다.

"저자냐?"

단하 측면에 서있는 옥소가 공손히 대답했다.

"검황천문 내의 비밀조직을 묵룡이라고 하는데 저자가 그 조직의 우두머리입니다."

"뭘 하는 자냐?"

"검천사자총령(劍天使者總領)입니다."

"검천사자 백 명의 우두머리라는 말이냐?"

"그렇습니다."

"호오… 그래?"

진천룡은 고개를 끄떡였지만 얼굴에는 대수롭지 않다는 표정이 떠올라 있었다.

검황천문의 검천사자는 도합 총 백 명이 있으며 검천십이류(劍天十二流) 중에 검천오류(劍天五流)에 속한다. 검천오류라고 하면 무림에서 대문파 장로급 실력이다.

최소한 삼 갑자 백팔십 년 이상의 공력을 지닌 데다 검황천문의 절학을 익혔으므로 무림에서는 가히 적수를 찾아보기 어렵다고 봐야 한다.

그래서 검천사자가 떴다 하면 산천초목이 죄다 벌벌 떨면서 숨죽이는 것이다.

일신에 짙은 흑삼을 입고 머리에는 붉은색 띠가 둘러진 관을 쓴 모습이다.

*              *              *

그때 대전의 저쪽에서 동방무건이 부친 동방장천을 두 팔로 안은 채 걸어오고 있다.

대전에 무릎이 꿇린 삼십여 명은 혈도가 제압되었기에 움직이지 못해서 동방무건을 볼 수가 없다.

동방무건은 걸어오다가 대전의 광경을 보고 멈칫했으나 어찌 된 영문인지 모르고 다시 걷기 시작했다.

동방장천은 아들의 팔에 안긴 채 눈을 꼭 감고 있으므로 역시 대전에 어떤 일이 벌어져 있는지 보지 못했다.

단하의 정중앙에는 비밀조직 묵룡의 삼십여 명을 향해서 의자가 놓여 있는데 옥소가 동방무건에게 의자를 가리켰다.

"저 의자에 앉혀라."

동방무건은 의자 앞에 이르러서 얼굴을 찌푸리며 옥소를 쳐다보았다.

"아버님께서 버티실지 모르겠소."

"앉히라면 앉혀라."

옥소가 무표정하게 명령하자 동방무건은 착잡한 심정으로 동방장천을 조심스럽게 의자에 앉혔다.

동방무건은 부친이 맥없이 고꾸라지지 않을까 해서 붙잡으려고 했지만 뜻밖에도 동방장천은 꼿꼿하게 앉아 있었다.

동방무건이 놀라서 둘러보자 옥소가 동방장천을 향해 왼손을 뻗고 있는 것이 보였다.

그로 미루어 옥소가 무형지기를 발출하여 동방장천을 똑바로 지탱하고 있는 것 같았다.

옥소와 동방장천의 거리는 이 장가량 되는데, 공력 이백 년의 동방무건으로선 꿈도 꾸지 못할 일이다.

그때까지도 동방장천은 눈을 꾹 감고 있어서 눈앞의 광경을 보지 못했다.

동방무건은 장내를 둘러보다가 낯익은 얼굴들을 발견하고 의아한 표정을 지었다.

그는 맨 앞줄 가운데 앉아 있는 검천사자총령을 발견하고 적잖이 놀랐다.

"조 총령이 어째서 여기에 있소?"

제압되어 뻣뻣한 검천사자총령은 착잡한 표정으로 동방무건과 동방장천을 응시하고 있을 뿐 침묵했다.

동방무건의 말에 눈을 감고 있던 동방장천은 움찔하며 천천히 눈을 떴다.

마침 동방장천을 응시하고 있던 조방훈과 그의 시선이 정면으로 마주쳤다.

검천사자총령 조방훈(曹邦勳)은 두 눈에 복잡한 감정을 가득 떠올렸다가 마지막으로 자포자기하는 심정을 담았다.

동방장천은 최후의 보루라고 믿고 있었던 비밀조직 묵룡이 일망타진당한 광경을 보고는 절망의 나락으로 한없이 떨어져 갔다.

'이럴 수가……'

묵룡 휘하의 고수들 얼굴은 일일이 기억하지 못하지만, 검천사자총령 조방훈이 여기에 제압되어 무릎이 꿇려 있는 것을 보면 상황을 다 알 수가 있다.

그때 진천룡 옆에 서 있는 부옥령이 나직한 목소리로 말했다.

"실행하라."

옥소 옆에 서 있는 몇 명의 부대주 중에서 위융이 검천사자총령 조방훈을 향해 묵직하게 걸어갔다.

위융은 과거 자신의 절대자였던 동방장천 앞을 눈도 까딱하지 않고 지나갔다.

검천십이부 중 탈혼부의 제팔분부주라는 지위였던 위용은 예전에 동방장천을 직접 대면한 적조차도 없었다.

위용이 무엇을 하려고 조방훈에게 다가가는 것인지 검황천문 사람들은 아무도 몰랐다.

조방훈은 자신의 앞에 우뚝 서 있는 위용을 눈을 치뜨고 쳐다보다가 어디선가 본 적이 있는 얼굴이어서 눈을 껌뻑거리며 기억을 더듬었다.

위용은 조방훈에게 손을 뻗었다.

파파파팍……!

"으음……."

위용이 허공을 격하여 지풍을 발출하자 조방훈의 제압된 아혈이 풀렸다.

지금부터 조방훈에게 분근착골수법을 전개할 것인데 효과를 극대화하기 위해서 입을 열어준 것이다. 비명을 질러야 모두가 공포에 질릴 것이기 때문이다.

눈을 껌뻑거리던 조방훈은 마침내 위용을 알아보고 어이없는 표정을 지었다.

"너는 혹시 탈혼부 제팔분부주 위용이 아니냐……?"

위용은 무표정하게 중얼거렸다.

"과거에는 그랬으나 지금은 영웅문 영웅호위대 제오부대주라는 신분이다."

위용의 과거 신분이 검황천문 탈혼부 소속 분부주였다는 말을 듣고 검황천문 사람들의 얼굴이 크게 변했다.

동방무건은 크게 놀라서 위융을 가리키며 낮게 외쳤다.

"네가 예전에는 본문의 수하였다는 말이냐?"

위융은 차갑게 동방무건을 주시하며 낮게 중얼거렸다.

"너는 주군께 충성을 맹세하지 않았느냐?"

동방무건은 움찔하더니 착잡한 표정으로 진천룡을 쳐다보고는 고개를 끄떡였다.

"그… 렇다."

위융은 단단한 표정과 목소리로 꾸짖었다.

"나는 주군의 직속인 영웅호위대 부대주다. 너보다는 윗사람이라는 뜻이다. 이 말이 무엇을 뜻하는지 알겠느냐?"

"……!"

동방무건은 크게 당황해서 눈동자가 흔들리며 이리저리 쳐다보았다.

대전 바닥에 무릎 꿇린 묵룡의 고수들은 참담한 얼굴로 동방무건을 쳐다보았다.

검황천문의 후계자인 선문주 동방무건이 영웅문주의 수하가 됐다는 것은 실로 충격적인 일이다.

그로 인해서 검황천문 사람들은 엄청난 배신감을 맛보며 분노에 치를 떨었다.

사면초가에 몰린 동방무건이 기댈 곳은 진천룡뿐이라서 그를 보며 구원의 눈길을 보냈지만 부옥령의 싸늘한 말이 그의 기대를 여지없이 깨버렸다.

"위융은 주군의 측근이며 영웅문의 중요한 간부 중 한 명이다. 너하고는 비교할 수조차 없는 신분이다."

동방무건의 얼굴에 참담함이 떠오르고, 검황천문 사람들의 얼굴에는 씁쓸함이 가득 떠올랐다.

위융은 개의치 않고 조방훈에게 손을 뻗어 수십 줄기 지풍을 발출했다.

파파파파팍!

"으음……."

조방훈은 신음을 흘리면서 온몸을 한 차례 거세게 부르르 떨었다.

검황천문 사람들 중에서 위융이 조방훈에게 무슨 짓을 했는지 짐작한 사람도 있고 무슨 일인지 감을 잡지 못하는 사람들도 있었다.

그러나 모두들 무슨 일인지 곧 알게 되었다.

위융은 조방훈에게 분근착골수법을 전개하면서 동시에 마혈을 풀어주었다.

움직일 수 있어야지만 분근착골수법의 효과를 극대화할 수 있기 때문이다.

조방훈이 갑자기 몸을 뒤로 확 젖히면서 널브러졌다.

"끄으으……."

그러면서 오장육부가 끊어지는 비통한 신음을 흘렸다.

조금 전에 눈을 감았던 동방장천이 그의 비명을 듣고 눈을 번쩍 떴다.

세상천지에 분근착골수법을 맨몸으로 견딜 수 있는 사람은 단연코 한 명도 없다.

견딜 수 있는 사람이 있다면 그는 화경을 넘어선 절대고수든가 아니면 고통을 느끼지 못하는 전신마비 중세의 사람일 것이다.

"끄아아——!"

조방훈은 쥐어짜는 비명을 지르며 마치 보이지 않는 불에 덴 것처럼 온몸을 조각내는 듯이 비틀었다.

검천사자총령이면 검황천문 서열 이십 위 안에 꼽히는 거물 중에서도 거물이다.

그런 그가 체면이고 나발이고 다 내던지고 짓밟힌 벌레처럼 꿈틀거리면서 처절하기 짝이 없는 비명을 내지르자 장내의 검황천문 사람들은 모골이 송연하면서도 분노를 넘어선 참담한 비애를 느꼈다.

분근착골수법에 당하면 일단 공력이 제어당하고 사지육신이 결박당하기 때문에 무공을 발휘할 수가 없다.

극한의 고통을 당하면서 할 수 있는 것은 오로지 꿈틀거리는 것뿐이다.

동방장천은 눈만 껌뻑거릴 수 있을 뿐이고, 검황천문 사람들은 마혈과 아혈이 제압됐지만 듣고 볼 수는 있기에 조방훈의 처절함을 생생하게 보고 들을 수가 있었다.

위융이 전개한 분근착골수법은 시간이 흐를수록 고통이 조금씩 더 증가했다.

"으흐으으……."

조방훈의 움직임과 신음이 시간이 갈수록 줄어들었다.

고통이 너무도 지독해서 이제 그만 혼절하고 싶지만 뜻대로 되지 않았다.

천장을 보고 드러누운 자세인 그는 몸을 뻣뻣하게 한 상태로 주먹을 꼭 쥐고 부들부들 마구 떨어대는데, 두 눈에서 눈동자가 사라지고 흰자위만 보였으며, 입에서는 신음과 함께 흰 게거품이 부글거리며 흘러나왔다.

"끄르륵… 끄으으……."

보통 분근착골수법이 시작해서 끝나는 데에는 일 각 정도 걸리는데 위융은 그칠 생각을 하지 않고 조방훈을 묵묵히 지켜보기만 했다.

그런 그의 모습이 그토록 잔인할 수가 없었다.

동방장천은 더 이상 볼 수 없다는 듯 눈을 감았고, 동방무건은 진저리를 치다가 외면했다.

묵룡의 고수들은 대부분 눈을 감았다. 움직이지 못하는 그들은 조방훈의 고통이 고스란히 전가되어 자신들이 당하는 듯한 처절한 느낌을 받았다.

조방훈은 내장을 입으로 쏟아낼 것 같은 신음을 흘리면서 간신히 말했다.

"끄으으… 제… 발… 죽… 여… 줘… 으으… 제발……."

고통이 얼마나 지독하면 죽여달라고 애원을 하겠는가. 그의 절규는 모든 검황천문 사람들의 심장을 오그라들고 피눈물이 나도록 만들었다.

결국 참다못한 동방무건은 진천룡에게 하소연하듯이 외쳤다.

"대체 무엇 때문에 이러는 것입니까? 다짜고짜 분근착골수법을 전개하는 이유가 무엇입니까?"

진천룡은 어깨를 으쓱했다.

"나도 모르겠다."

그는 이런 일에는 그다지 관심이 없는 듯한 투로 옥소에게 물었다.

"호위대주, 무슨 일이지?"

옥소는 더없이 공손히 아뢰었다.

"주군, 묵룡의 우두머리인 검천사자총령을 우리 편으로 만들려는 것입니다. 겁을 주면 고분고분해지거든요."

마침 그때 검천사자총령 조방훈에게 가했던 분근착골수법이 끝났다.

그 순간 위융이 지풍을 날려서 조방훈의 마혈을 제압했다.

그래도 아직 말을 할 수 있는 조방훈이 카랑카랑 갈라지는 목소리로 바락바락 고함을 질렀다.

"지금 당장 영웅문주의 수하가 되겠습니다……! 거두어주십시오! 당신의 수족이 될 테니까 더 이상 고문은 하지 마십시오……! 어흐응!"

말끝에 조방훈은 애처로운 울음을 터뜨렸다. 그의 이 절규가 분근착골수법의 고통을 대변해 주었다.

죽여달라고 애원했던 그가 영웅문주의 수하가 된들 무슨 대수겠는가.

눈을 꾹 감고 있던 동방장천의 눈썹이 잔뜩 찌푸려졌다. 그는 이런 식으로 검황천문이 해체되고 있음을 현장에서 생생하게 경험하고 있었다.

동방무건은 심장이 짓이겨지는 슬픔과 비애를 느꼈고, 묵룡의 고수들은 뜨거운 눈물을 뚝뚝 흘렸다.

옥소는 의견을 듣기 위해서 진천룡을 쳐다보았다.

그런데 진천룡은 마침 부옥령과 전음을 나누고 있는 중이라서 한 손으로 자연스럽게 입을 가린 채 진중한 표정을 짓고 있었다.

그걸 본 옥소는 진천룡이 조방훈의 말이 마음에 들지 않는 것이라고 해석했다.

옥소는 위용을 비롯한 부대주들과 호위고수들에게 냉랭한 어조로 명령했다.

"검천사자총령은 두 번 더! 묵룡 휘하의 수하들 전원 각 세 번씩 분근착골수법을 실행하라!"

그러자 조방훈이 발작적으로 부르짖었다.

"아앗! 그만하십시오! 무엇이든지 할 테니까 수하들은 건들 지 마십시오!"

조방훈은 자신이 분근착골수법을 직접 당해봤기 때문에 그 것이 얼마나 고통스러운지 잘 알고 있다.

그런데 그것을 수하들에게 실행한다니까 그러지 말아달라 고 절규하는 것이다.

진천룡이 가볍게 손을 저었다.

"그만해라."

"……!"

그때 조방훈은 자신의 마혈이 풀리는 것을 느끼고 천천히 움직여서 일어섰다.

옥소를 비롯한 영웅호위대 고수들은 가볍게 표정이 변했으 나 어찌 된 일인지 깨닫고는 조방훈을 지켜보기만 했다.

조방훈은 일어나서 동방장천 부자에게는 눈길 한 번 주지 않고 두 손을 앞에 내밀어 포권을 하며 진천룡에게 진중하게 말했다.

"수하가 될 테니 거두어주십시오."

눈을 뜬 동방장천과 동방무건은 복잡한 표정으로 조방훈을 지켜보았으나 말을 하진 않았다.

진천룡은 조방훈을 보며 나직이 말했다.

"원하는 것을 말해라."

그러자 조방훈은 동방장천을 힐끗 보았으나 곧 진천룡을 보면서 자신의 뒤에 있는 묵룡의 고수들을 가리켰다.

"수하들을 살려주십시오."

진천룡은 고개를 끄떡였다.

"그들이 원하는 대로 해주겠다."

조방훈은 마혈이 풀려서 자유로운 몸이 됐으나 일절 저항하지 않았다.

검황천문에 삼십여 년 동안 몸담고 있었던 그가 검황천문 태문주 면전에서 주군을 바꿔 모시는 것은 배신행위지만 아무도 그를 나무라지 못했다.

조방훈이 충성심을 밀고 나가려면 이 자리에서 올곧게 버티다가 수하 삼십여 명과 함께 장렬하게 죽는 길뿐이다.

왕을 모시고 국가에 충성하는 장수들 중에는 간혹 그런 사내대장부가 있기도 하다.

하지만 무림에서는 그런 인물이 가물에 콩 나듯 드물다. 귀한 게 아니라 드물다고 하는 이유는 그러는 것이 본받거나 존경할 만한 근사한 일이 아니기 때문이다.

무림인들이 가장 귀중하게 여기는 것은 자신의 목숨이고 그다음이 돈이다.

그런데 죽으면 목숨과 돈 둘 다 잃게 되는데 그런 미련한 짓을 쉽사리 하겠는가 말이다.

조방훈은 뒤돌아서서 물었다.

"너희들은 무엇을 원하느냐?"

옥소와 부대주들이 한꺼번에 손을 휘두르자 삼십여 명의 아혈이 동시에 풀렸다.

삼십여 명은 서로의 얼굴을 보며 눈치를 살피더니 잠시 후 입을 모아 큰 소리로 외쳤다.

"영웅문 사람이 되고 싶습니다!"

『봉정대연가(鵬程大戀歌)』20권에 계속…